ILUSTRAÇÕES
Helena Obersteiner

POSFÁCIO
Morgana Kretzmann

Ana

Erico 120 ANOS
ERICO VERISSIMO 1905-2025

COMPANHIA DAS LETRAS

Erico Verissimo

Terra

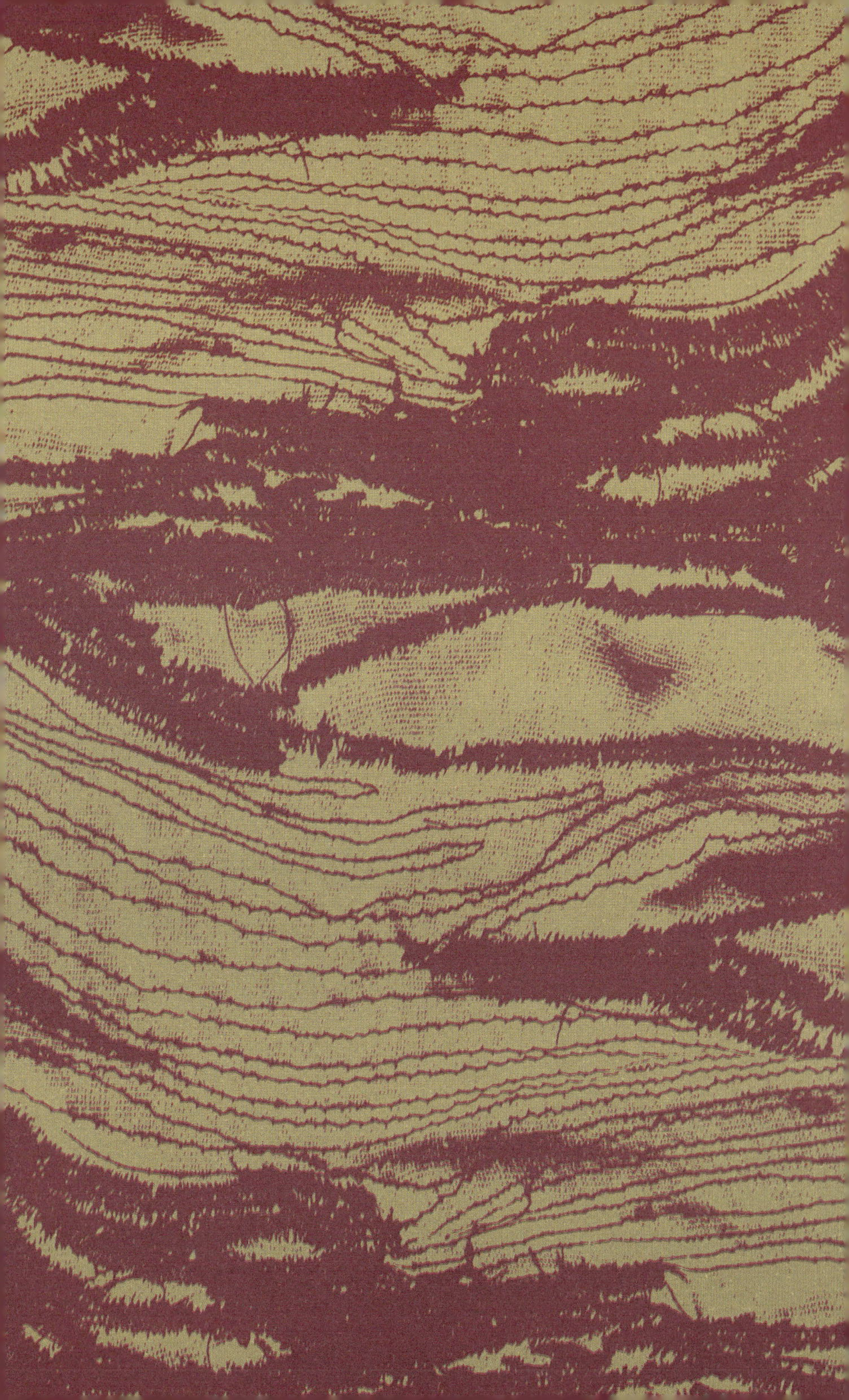

Sumário

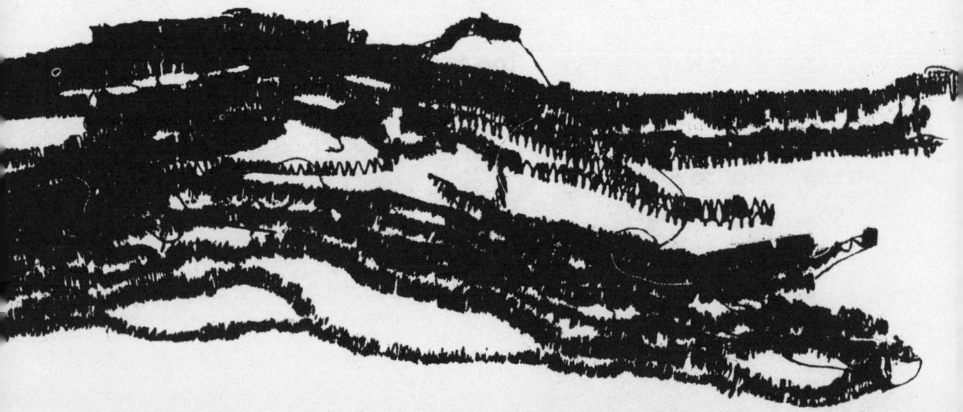

Ana Terra

1

“Sempre que me acontece alguma coisa importante, está ventando”, costumava dizer Ana Terra. Mas, entre todos os dias ventosos de sua vida, um havia que lhe ficara para sempre na memória, pois o que sucedera nele tivera a força de mudar-lhe a sorte por completo. Mas em que dia da semana tinha aquilo acontecido? Em que mês? Em que ano? Bom, devia ter sido em 1777: ela se lembrava bem porque esse fora o ano da expulsão dos castelhanos do território do Continente. Mas, na estância onde Ana vivia com os pais e os dois irmãos, ninguém sabia ler, e mesmo naquele fim de mundo não existia calendário nem relógio. Eles guardavam na memória os dias da semana; viam as horas pela posição do sol; calculavam a passagem dos meses pelas fases da lua; e era o cheiro do ar, o aspecto das árvores e a temperatura que lhes diziam as estações do ano. Ana Terra era capaz de jurar que aquilo acontecera na primavera, porque o vento andava bem doido, empurrando grandes nuvens brancas no céu, os pessegueiros estavam floridos e as árvores que o inverno despira se enchiam outra vez de brotos verdes.

Ana Terra descia a coxilha no alto da qual ficava o rancho da estância, e dirigia-se para a sanga, equilibrando sobre a cabeça uma cesta cheia de roupa suja, e pensando no que a mãe sempre lhe dizia: “Quem carrega peso na cabeça fica papudo”. Ela não queria ficar papuda. Tinha vinte e cinco anos e ainda esperava casar. Não que sentisse muita falta de homem, mas acontecia que casando poderia ao menos ter alguma esperança de sair daquele cafundó, ir morar no Rio Pardo, em Viamão ou até mesmo voltar para a Capitania de São Paulo, onde nascera. Ali na estância a vida era triste e dura. Moravam num rancho de paredes de taquaruçu e barro, coberto de palha e com chão de terra batida.

Em certas noites Ana ficava acordada debaixo das cobertas, escutando o vento, eterno viajante que passava pela estância gemendo ou assobiando, mas nunca apeava do seu cavalo; o mais que podia fazer era gritar um "Ó de casa!" e continuar seu caminho campo em fora. Passavam-se meses sem que nenhum cristão cruzasse aquelas paragens. Às vezes era até bom mesmo que eles vivessem isolados, porque quando aparecia alguém era para trazer incômodo ou perigo. Nunca se sabia. Uma vez tinham dado pouso a um desconhecido: vieram a saber depois que se tratava dum desertor do Presídio do Rio Grande, perseguido pela Coroa como autor de sete mortes. O pai de Ana costumava dizer que, quando via um leão baio ou uma jaguatirica, não se impressionava: pegava o mosquete, calmo, e ia enfrentar o animal; mas, quando via aparecer homem, estremecia. É que ali na estância eles estavam ressabiados.

A princípio tinham sofrido os castelhanos, que dominaram o Continente por uns bons treze anos e que de tempos em tempos surgiam em bandos, levando por diante o gado alheio, saqueando as casas, matando os continentinos, desrespeitando as mulheres. De quando em quando grupos de índios coroados desciam das bandas da coxilha de Botucaraí e se vinham da direção do rio, atacando as estâncias e os viajantes que encontrassem no caminho. Havia também as "arriadas", partidas de ladrões de gado, homens malvados sem rei nem roque, que não respeitavam a propriedade nem a vida dos estancieiros. Por vezes sem conta Ana e a mãe tinham sido obrigadas a fugir para o mato, enquanto o velho Terra e os filhos se entendiam com os assaltantes — agressivos se estes vinham em pequeno número, mas conciliadores quando o bando era forte.

Mas havia épocas em que não aparecia ninguém. E Ana só via a seu redor quatro pessoas: o pai, a mãe e os irmãos. Quanto ao resto, eram sempre aqueles coxilhões a perder de vista, a solidão e o vento. Não havia outro remédio — achava ela — senão trabalhar para esquecer o medo, a tristeza, a aflição... Acordava e pulava da cama, mal raiava o dia. Ia aquentar a água para o chimarrão dos homens, depois começava a faina diária: ajudar a mãe na cozinha, fazer pão, cuidar dos bichos do quintal, lavar a roupa. Por ocasião das colheitas ia com o resto da família para a lavoura e lá ficava mourejando de sol a sol.

Ana Terra fez alto, depôs o cesto no chão e suspirou. O vento impelia as palmas dos coqueiros na mesma direção em que esvoaçavam seus cabelos. Para que lado ficava Sorocaba? Os olhos da moça voltaram-se para o norte. Lá, sim, a vida era alegre, havia muitas casas, muita gente, e festas, igrejas, lojas... A povoação mais próxima ali da estância era o Rio Pardo, para onde de tempos em tempos um de seus irmãos ia com a carreta cheia de sacos de milho e feijão, e de onde voltava trazendo sal, açúcar e óleo de peixe.

O olhar de Ana continuava voltado para o norte. O pai prometera vagamente voltar para São Paulo, logo que juntasse algum dinheiro. Mas d. Henriqueta, que conhecia bem o marido, desencorajava a filha: "Qual nada! Daqui ele não sai, nem morto". E, dizendo isso, suspirava. Às vezes, quando estava sozinha, chorava, mas na frente do marido vivia de cabeça baixa e raramente abria a boca.

Ana tornou a apanhar o cesto, ergueu-o e descansou-o sobre o quadril direito e, assim como quem carrega um filho escanchado na cintura, continuou a descer para a sanga. Avistou a corticeira que crescia à beira d'água e seus olhos saudaram a árvore como se ela fosse uma amiga íntima. Uma lagartixa passou correndo à sua frente e sumiu-se por entre as macegas. Ana pensou em cobra e instintivamente voltou o olhar para a direita, rumo da coxilha no alto da qual havia uma sepultura. Lá estava enterrado o corpo de seu irmão mais moço, que morrera havia alguns anos, picado por uma cascavel.

A sanga corria por dentro dum capão. As folhas das árvores farfalhavam e suas sombras no chão úmido do orvalho da noite eram frescas, quase frias. Ana aproximou-se da pedra onde sempre batia roupa, e depôs o cesto junto dela. Deu alguns passos à frente, ajoelhou-se à beira do poço fundo, fez avançar o busto, baixou a cabeça e mirou-se no espelho da água. Foi como se estivesse enxergando outra pessoa: uma moça de olhos e cabelos pretos, rosto muito claro, lábios cheios e vermelhos. Não tinha sequer um caco de espelho em casa, e, no dia em que pedira ao irmão que lhe trouxesse de Rio Pardo um espelhinho barato, o pai resmungara que era uma bobagem gastar dinheiro em coisas inúteis. Para que queriam espelho naqueles cafundós onde Judas perdera as botas?

Ana Terra sorria: a moça da sanga sorria também, e seu rosto era atravessado pelos vultos escuros dos lambaris que se moviam dentro d'água. Ana ficou a contemplar-se por algum tempo, com a vaga sensação de que estava fazendo uma coisa muito boba, muito imprópria duma mulher de sua idade. Agora em seus pensamentos um homem falava de cima de seu cavalo. Tinha na cabeça um chapéu com um penacho, e trazia à cinta um espadagão e duas pistolas. E esse homem dizia coisas que a deixavam embaraçada, com o rosto ardendo. Era Rafael Pinto Bandeira, o guerrilheiro de que toda gente falava no Rio Grande. Corriam versos sobre suas proezas e valentias, pois era ele quem pouco a pouco estava livrando o Continente do domínio dos castelhanos...

Ana Terra guardava a lembrança daquele dia como quem entesoura uma joia. Estava claro que ventava também na manhã em que o major Pinto Bandeira e seus homens passaram pela estância, a caminho do forte de Santa Tecla, onde iam atacar o inimigo. O velho Terra convidara-os para descer e comer alguma coisa. O major aceitou o convite e dentro em pouco estava sentado à mesa do rancho com seus oficiais, comendo um churrasco com abóbora e bebendo uma guampa de leite. Era um homem educado e bem-falante. Contava-se que sua estância era muito bem mobiliada e farta, e que tinha até uma banda de música.

Ana estava perturbada em meio de tantos homens desconhecidos — grandes, barbudos, sujos — que fanfarronavam, comiam fazendo muito barulho e de vez em quando lhe lançavam olhares indecentes. Num dado momento Rafael Pinto Bandeira fitou nela os olhinhos miúdos e vivos e, com pingos de leite no bigode, dirigiu-se a Maneco Terra, dizendo:

— Vossa mercê tem em casa uma moça mui linda.

De tão atrapalhada ela deixou cair a faca que tinha na mão. O pai não disse nada, ficou de cabeça baixa, assim com jeito de quem não tinha gostado da coisa. O major, que continuava a olhar para ela, prosseguiu sacudindo a cabeça:

— Mas é muito perigoso ter uma moça assim num descampado destes...

O velho Terra pigarreou, mexeu-se na cadeira e respondeu seco:

— Mas tem três homens e três espingardas em casa pra defender a moça.

E depois disso houve um silêncio muito grande.

Ao se despedir, já de cima do cavalo, na frente do rancho, Pinto Bandeira tornou a falar:

— A sina da gente é andar no lombo dum cavalo, peleando, comendo às pressas aqui e ali, dormindo mal ao relento pra no outro dia continuar peleando. — O vento sacudia o penacho do major. Os cavalos, inquietos, escarvavam o chão. — Pois é, dona, quando o último castelhano for expulso — continuou o guerreiro, sofrenando o animal —, vamos ficar donos de todo o Continente, e poderemos então ter cidades como na Europa. — Baixou os olhos para Ana e murmurou: — Nesse dia precisaremos de moças bonitas e trabalhadeiras como vossa mercê. Deus vos guarde! — Ergueu o chapéu no ar e se foi.

Ana escutara-o com o rosto em fogo. O pai ficou de cabeça baixa, calado. Ela se lembrava bem do que o velho Terra e Antônio, o filho mais velho, tinham dito depois.

— Pai, eu acho que devia ter ido com eles... — murmurou o rapaz, olhando os soldados que se afastavam na direção do poente.

O velho respondeu:

— Não criei filho pra andar dando tiro por aí. O melhor é vosmecê ficar aqui agarrado ao cabo duma enxada. Isso é que é trabalho de homem.

— O major é um patriota, meu pai. Ele precisa de soldados para botar pra fora os castelhanos.

O velho ergueu a cabeça e encarou o filho:

— Patriota? Ele está mas é defendendo as estâncias que tem. O que quer é retomar suas terras que os castelhanos invadiram. Pátria é a casa da gente.

E agora, ali a olhar-se no poço, Ana Terra pensava nas palavras do guerrilheiro: "... precisaremos de moças bonitas e trabalhadeiras". Bonitas e trabalhadeiras. Bonitas, bonitas, bonitas...

Ergueu-se, caminhou para o lugar onde estava o cesto, tirou as roupas para fora, ajoelhou-se, apanhou o sabão preto e começou a lavá-las. Enquanto fazia isso cantava. Eram cantigas que aprendera ainda em Sorocaba. Só cantava quando estava sozinha. Às vezes, perto da mãe, podia cantarolar. Mas na presença do pai e dos irmãos tinha vergonha. Não se lembrava de jamais ter ouvido o pai cantar ou mesmo assobiar. Maneco Terra era um homem que falava pouco e trabalhava demais. Severo e sério, exigia dos outros muito respeito e obediência, e não admitia que ninguém em casa discutisse com ele. "Terra tem só uma palavra", costumava dizer. E era verdade. Quando ele dava a sua palavra, cumpria, custasse o que custasse.

2

De súbito ali ao pé do poço Ana Terra teve a impressão de que não estava só. A mão que batia a roupa numa laje parou. Em compensação o coração começou a bater-lhe com mais força... Esquisito. Ela não via ninguém, mas sentia uma presença estranha... Podia ser um bicho, mas podia ser também uma pessoa. E se fosse um índio? Por um instante esteve prestes a gritar, sob a impressão de que ia ser frechada. Sentia que o perigo vinha da outra margem... Sentia mas não queria erguer os olhos. Com o coração a pulsar-lhe surdamente no peito, ela esperava... Quando caiu em si estava olhando para um homem estendido junto da sanga, a umas cinco braças de onde se encontrava.

Ana Terra apanhou uma pedra com ambas as mãos. Se ele avançar pra mim — pensou —, atiro-lhe a pedra na cabeça. Era a tática que usava contra cobra... Foi se erguendo devagarinho, sem tirar os olhos do corpo, que continuava imóvel, caído de borco, os braços abertos em cruz, a mão esquerda mergulhada na sanga. Ana Terra recuou um passo, dois, três... O desconhecido não fez o menor movimento. Tinha o torso nu, manchado de sangue, e seu chiripá estava todo rasgado. Seus cabelos eram pretos e longos e sua face se achava quase completamente escondida atrás duma macega.

De repente Ana fez uma rápida meia-volta, largou a pedra e precipitou-se a correr na direção da casa. Ao chegar ao alto da coxilha avistou o pai e os irmãos, que trabalhavam na lavoura, e correu para eles, fazendo sinais com os braços. Antônio veio-lhe ao encontro.

— Que foi que houve? — gritou ele.

O pai e Horácio largaram as enxadas e também se encaminharam para Ana, que dizia, quase sem fôlego:

— Um homem... um homem...

E apontava na direção da sanga.

— Onde? — perguntavam eles. — Onde?

— Na beira da sanga... deitado... eu vi. Estava lavando roupa... de repente...

A garganta lhe ardia, o coração parecia querer saltar-lhe pela boca.

— De repente vi aquilo... Parece que está ferido... ou morto... ou dormindo. Não sei.

Ana tinha agora diante de si três caras morenas, curtidas pelo vento e pelo sol. Ali estava o pai, com os grossos bigodes grisalhos, o corpo pesado e retaco, o ar reconcentrado; Antônio, alto e ossudo, os cabelos pretos e duros; e Horácio, com seu rosto de menino, o buço ralo e os olhos enviesados. Em todas aquelas caras havia um retesamento de músculos, já uma rigidez agressiva. Escutaram a narrativa rápida e ofegante de Ana, consultaram-se numa troca de olhares, precipitaram-se para a casa, apanharam as espingardas e desceram os três a passo acelerado na direção da sanga.

Ana entrou no rancho e contou tudo à mãe, que estava junto do fogão botando no forno uma fôrma de lata com broas de milho. D. Henriqueta escutou-a em silêncio, tapou o forno, ergueu-se limpando as mãos na fímbria da saia e fitou na filha os olhos tristes e assustados.

— Quem será, Ana? Quem será?

— Não sei, mamãe. Acho que ele está muito ferido. Decerto veio se arrastando pra beber água na sanga e desmaiou.

D. Henriqueta sacudia a cabeça devagarinho. Aquilo não era vida! Viviam com o coração na mão. Os homens do Continente não faziam outra coisa senão lidar com o perigo. Tinha saudade de Sorocaba, de sua casa, de seu povo. Lá pelo menos não vivia com o pavor na alma. Às vezes temia ficar louca, quando o filho ia com a carreta para Rio Pardo, o marido saía a campear com o Horácio e ela ficava ali no rancho sozinha horas e horas com a filha. Ouvia contar histórias horríveis de mulheres que tinham sido roubadas e levadas como escravas pelos índios coroados, que acabavam obrigando-as a se casarem com algum membro da tribo. Contavam-se também casos tenebrosos de moças que eram violentadas por bandoleiros. Seria mil vezes preferível viver como pobre em qualquer canto de São Paulo a ter uma estância, gado e lavoura ali naquele fundão do Rio Grande de São Pedro.

D. Henriqueta olhava desconsolada para a velha roca que estava ali no rancho, em cima do estrado. Era uma lembrança de sua avó portuguesa e talvez a única recordação de sua mocidade feliz. Casara com Maneco Terra na esperança de ficar para sempre vivendo em São Paulo. Mas acontecera que o avô de Maneco fora um dos muitos bandeirantes que haviam trilhado a estrada da serra Geral e entrado nos campos do Continente, visitando muitas vezes a Colônia do Sacramento. Quando voltava para casa, tantas maravilhas contava aos filhos sobre aqueles campos do Sul, que Maneco crescera com a mania de vir um dia para o Rio Grande de São Pedro criar gado e plantar. Antes dele, seu pai, Juca Terra, também cruzara e recruzara o Continente, trazendo tropas. Todos diziam que o Rio Grande tinha um grande futuro, pois suas terras eram boas e seu clima salubre. E eles vieram... E já tinham pago bem caro aquela loucura. O Lucinho lá estava enterrado em cima da coxilha. E, quanto mais o tempo passava, mais o marido e os filhos iam ficando como bichos naquela lida braba — carneando gado, curando bicheira, laçando, domando, virando terra, plantando, colhendo e de vez em quando brigando de espingarda na mão contra índios, feras e bandidos. Parecia que a terra ia se entranhando não só na pele como também na alma deles. Andavam com as mãos encardidas, cheias de talhos e calos. Maneco à noite deitava-se sem mudar a camisa, que cheirava a suor, a sangue e a carne crua. Naquela casa nunca entrava nenhuma alegria, nunca se ouvia uma música, e ninguém pensava em divertimento. Era só trabalhar o quanto dava o dia. E a noite — dizia Maneco — tinha sido feita para dormir. Que ia ser de Ana, uma moça, metida naquele cafundó? Como é que ia arranjar marido? Nem ao Rio Pardo o Maneco consentia que ela fosse. Dizia que mulher era para ficar em casa, pois moça solta dá o que falar.

D. Henriqueta respeitava o marido, nunca ousava contrariá-lo. A verdade era que, afora aquela coisa de terem vindo para o Rio Grande e umas certas casmurrices, não tinha queixa dele. Maneco era um homem direito, um homem de bem, e nunca a tratara com brutalidade. Seco, calado e opiniático — isso ele era. Mas quem é que pode fugir ao gênio que Deus lhe deu?

— Eles vêm vindo, mamãe! — exclamou Ana, que estava junto à janela.

D. Henriqueta aproximou-se da filha, olhou para fora e avistou o marido e os filhos, que carregavam lentamente um corpo.

— Minha Nossa Senhora! — murmurou. — Que será que vai acontecer?

3

Dentro de alguns minutos os homens entraram em casa e deitaram o desconhecido numa das camas.

— Água, gente! — pediu Maneco. — Depressa.

Ana Terra caminhou para o fogão, apanhou a chaleira de ferro tisnado, despejou água numa gamela e levou-a ao pai. Foi só então que, numa súbita sensação de constrangimento e quase de repulsa, viu o rosto do estranho. Tinha ele uma cara moça e trigueira, de maçãs muito salientes. Era uma face lisa, sem um único fio de barba, e dum bonito que chamava a atenção por não ser comum, que chocava por ser tão diferente das caras de homem que se viam naquelas redondezas. A tez do desconhecido era quase tão acobreada como a dos índios, mas suas feições não diferiam muito das de Antônio ou Horácio. Os cabelos, lisos e negros, desciam-lhe quase até os ombros, e o que impedia que ele parecesse efeminado era a violenta masculinidade de seus traços. Havia ainda para Ana um outro elemento de inquietação e estranheza: era aquele torso nu e musculoso, aquele peito largo e suado, que subia e descia ao compasso da respiração.

De súbito Ana viu-lhe o ferimento no ombro esquerdo, um orifício arredondado do tamanho duma onça, já meio apostemado e com sangue coalhado nas bordas. Ficou vermelha e perturbada, como se tivesse enxergado alguma parte secreta e vergonhosa do corpo daquele homem. Desviou os olhos dele imediatamente.

Maneco Terra falava em voz baixa com os filhos.

— O chumbo ainda está lá dentro — dizia. — Este animal perdeu muito sangue.

Antônio tirou a faca da cintura, foi até o fogão, aqueceu-lhe a ponta nas brasas e depois voltou para junto do ferido.

Ana não podia esquecer aquela cara... Estava inquieta, quase ofendida, e já querendo mal ao estranho por causa das sensações que ele lhe provocava. Era qualquer coisa que lhe atacava o estômago, dando-lhe engulhos; mas ao mesmo tempo tinha desejos de olhar para aquele mestiço, muitas vezes, por muito tempo, apesar de sentir que não devia, que isso era feio, mau, indecente. Veio-lhe à mente uma cena de seu passado. Quando tinha dezoito anos visitara com os pais a cidade de São Paulo e uma tarde, estando parada com a mãe a uma esquina, viu passar uma caleça que levava uma vistosa dama. Toda a gente falava daquela mulher na cidade. Diziam que tinha vindo de Paris, era cantora, uma mulher da vida... Ana sabia que não devia olhar para ela, mas olhava, porque aquela mulher colorida e cheirosa parecia ter feitiço, como que puxava o olhar dela. Era loura, estava toda vestida de sedas e rendões, e tinha o pescoço, os braços e os dedos coruscantes de joias. Uma mulher da vida, uma ordinária... Ana contemplava-a de boca aberta, fascinada, mas ao mesmo tempo com a sensação de estar cometendo um feio pecado. Pois tivera havia pouco a mesma impressão ao olhar para aquele desconhecido.

Antônio terminou a operação, aproximou-se da mãe com a faca manchada de sangue e mostrou-lhe o pedaço de chumbo grosso que tinha na palma da mão.

— Será que a ferida vai arruinar? — perguntou d. Henriqueta.

Antônio sacudiu os ombros, como quem diz: a mim pouco se me dá.

O homem continuava estendido no catre, imóvel. Maneco Terra mirou-o por algum tempo e depois disse:

— Tem jeito de índio.

— Mas não é índio puro — observou Antônio em voz baixa. — É muito alto para ser índio, e a pele é mais clara que a dos bugres.

Houve um curto silêncio. Maneco Terra sentou-se num mocho e começou a enrolar um cigarro.

— Não gosto da cara desse diabo — resmungou.

— Nem eu — disse Horácio.

— Quando ele acordar, dá-se comida pra ele e manda-se embora — decidiu o dono da casa.

Os filhos não disseram nada. A um canto do rancho Ana, que olhava fixamente para o ferido, apontou de repente para ele e perguntou:

— O que é aquilo?

Antônio seguiu com o olhar a direção do dedo da irmã, deu alguns passos para a cama e meteu a mão por baixo da faixa que o desconhecido tinha enrolada em torno da cintura e tirou de lá alguma coisa. Os outros aproximaram-se dele e viram-lhe nas mãos um punhal com cabo e bainha de prata lavrada. Antônio desembainhou-o, rolou a lâmina nas mãos calosas, experimentou-lhe a ponta e murmurou:

— Linda arma.

O punhal passou pelas mãos do velho Maneco e depois pelas de Horácio.

— Onde será que o índio roubou isso?

Ninguém respondeu. Maneco Terra guardou o punhal na gaveta da mesa, apanhou uma espingarda e entregou-a à filha.

— Sente aqui, segure esta arma e fique de olho nesse homem, que nós vamos voltar pra lavoura. Se ele começar a se mexer, mande sua mãe nos avisar ou então dê um grito. Mas não largue a espingarda, e se ele avançar faça fogo.

Maneco Terra e os filhos saíram. Tinham as calças de ganga escura arregaçadas até meia canela, e suas camisas, muito curtas e sujas, esvoaçavam ao vento.

Ana sentou-se, com a arma de fogo sobre as coxas, o olhar fixo no desconhecido.

4

O sol já estava a pino quando o homem começou a mexer-se e a resmungar. Os Terras tinham acabado de comer e Ana tirava da mesa os pratos de pó de pedra. O ferido abriu os olhos e por muito tempo ficou a olhar para as pessoas e as coisas do rancho — a olhar dum jeito vago, como quem não compreende ou não se lembra... Depois soergueu-se devagarinho, apoiado nos cotovelos, apertou os olhos, mordeu os lábios e soltou um gemido. Os Terras, sem afastar os olhos dele, mantinham-se imóveis e calados onde estavam, numa espera meio agressiva. O desconhecido então sorriu um sorriso largo e demorado, levantou a mão lentamente num gesto de paz e disse:

— Amigo.

Os Terras continuaram mudos. O índio ainda sorria quando murmurou:

— Louvado seja Nosso Senhor.

Tinha uma voz que não se esperava daquele corpo tão vigoroso: macia e doce.

Os outros não faziam o menor movimento, não pronunciavam a menor palavra. Mas o índio sorria sempre e agora repetia: amigo, amigo, amigo...

Depois inclinou o busto para trás e recostou-se na parede de barro. De repente seu rosto se contorceu de dor e ele lançou um olhar oblíquo na direção do ombro ferido.

Nesse instante Maneco Terra deu dois passos na direção do catre e perguntou:

— Como é o nome de vosmecê?

O outro pareceu não entender. Maneco repetiu a pergunta e o índio respondeu:

— Meu nombre é Pedro.

— Pedro de quê?

— Me jamam Missioneiro.

Maneco lançou-lhe um olhar desconfiado.

— Castelhano?

— No.

— Continentino?

— No.

— Donde é, então?

— De parte ninguna.

Maneco Terra não gostou da resposta. Foi com voz irritada que insistiu:

— Mas onde foi que nasceu?

— Na mission de San Miguel.

— Qual é o seu ofício?

— Ofício?

— Que é que faz? Em que trabalha?

— Peleio.

— Isso não é ofício.

Pedro sorriu. Tinha dentes fortes e alvos.

— Que anda fazendo por estas bandas? — insistiu.

No seu português misturado com espanhol, Pedro contou que fugira da redução quando ainda muito menino e que depois crescera nos acampamentos militares dum lado e doutro do rio Uruguai; ultimamente acompanhara os soldados da Coroa de Portugal em suas andanças de guerra; também fizera parte das forças de Rafael Pinto Bandeira e fora dos primeiros a escalar o forte castelhano de San Martinho...

Maneco Terra voltou a cabeça na direção dos filhos e olhou-os com ar céptico.

— Tem prova disso? — perguntou, tornando a voltar-se para Pedro.

Este último começou a apalpar a faixa e de repente seu rosto ficou sério, numa expressão de apreensiva surpresa.

— Donde está meu punhal?

— Não se apoquente — retrucou Maneco Terra —, ele está bem guardado.

Pedro continuou a apalpar a faixa. Finalmente achou o que procurava: um papel dobrado, muito amarelo e seboso. Desdobrou-o com mão trêmula e apresentou-o ao dono da casa. Maneco Terra não moveu sequer um dedo. Encarou Pedro com firmeza e disse:

— Aqui ninguém sabe ler.

Pronunciou essas palavras sem o menor tom de desculpa ou constrangimento: disse-as agressivamente, com uma espécie de feroz orgulho, como se não saber ler fosse uma virtude.

Pedro então leu:

> A quem interessar possa. Declaro que o portador da presente, o tenente Pedro Missioneiro, durante mais de um ano serviu num dos meus esquadrões de cavalaria, tomando parte em vários combates contra os castelhanos e revelando-se um companheiro leal e valoroso. Rafael Pinto Bandeira.

Horácio e Antônio entreolharam-se, ainda incrédulos. Maneco Terra perguntou:

— Com quem vosmecê aprendeu a ler?

Sabia que não existia uma única escola em todo o Continente.

— Com os padres de la mission — respondeu Pedro. E imediatamente pôs-se a recitar: — *Lavabis me et super nivem dealbabor*.

Viu todos aqueles olhos postos nele, as caras sérias e desconfiadas, sorriu largamente e esclareceu:

— É latim. Língua de padre. Quer dizer: a chuva cai do céu. *Lavabis* é chuva. *Dealbabor* é céu.

Ana estava de boca entreaberta, atenta ao que Pedro fazia e dizia.

O latim pareceu não impressionar Maneco Terra, que perguntou, brusco:

— Como foi que vosmecê veio parar aqui?

— Fui atacado por uns desertores do presídio, a umas três léguas desta estância. Entonces consegui montar a cabalo e vir vindo, perdendo muita sangre no caminho. Despois caí de fraco, o cabalo fugiu, senti olor de água, estava loco de sed e vim de rasto até a beira da sanga. Entonces todo quedou escuro.

Pedro tornou a deitar-se, como se de repente se sentisse muito fraco e cansado. Maneco Terra ficou por algum tempo a mirá-lo, com ar indeciso, mas acabou dizendo:

— Essa história está mal contada. Mas dê comida pro homem, Henriqueta.

5

Anos depois, sempre que pensava nas coisas acontecidas nos dias que se seguiram à entrada de Pedro naquela casa, Ana Terra nunca chegava a lembrar-se com clareza da maneira como aquele forasteiro conseguira conquistar a confiança de seu pai a ponto de fazer que o velho consentisse na sua permanência na estância. Porque Maneco Terra, apesar de todos os seus sentimentos de hospitalidade, estava decidido a mandar Pedro Missioneiro embora, logo que o visse em condições de deixar a cama. Resolvera até dar-lhe um cavalo, pois não seria justo largar um vivente sozinho e a pé por aqueles desertos.

Fê-lo dormir no galpão a primeira noite. Durante o dia seguinte Antônio e Horácio foram levar-lhe comida e fazer-lhe novos curativos. A ferida sarava com uma rapidez tão grande que Antônio não pôde deixar de exclamar:

— Vosmecê tem sangue bom, moço!

Pedro limitou-se a dizer que Nossa Senhora, sua mãe, o protegia.

Dentro de poucos dias mais estava de pé, e as cores lhe tinham voltado às faces.

Os Terras estavam trabalhando na lavoura quando Pedro se apresentou para ajudá-los. Vestira uma camisa e umas calças velhas que Antônio lhe dera e tinha a cabeça amarrada por um lenço vermelho que lhe cobria também a testa. (Bem como os castelhanos, observou Maneco Terra, com desconfiada má vontade.) Acabou, porém, dando uma enxada ao índio e refletindo assim: "Ora, eu precisava mesmo dum peão". Mas não se sentiu bem com aquele estranho a trabalhar ali a seu lado. Tinha-lhe um certo temor. Entre suas convicções nascidas da experiência, estava a de que "índio é bicho traiçoeiro". Não conseguia nem mesmo tentava vencer o seu sentimento de desconfiança por aquele homem de cara rapada e olhar oblíquo. Era preciso mandá-lo embora o quanto antes. Se Pedro conhecesse o seu lugar e não se aproximasse das mulheres da casa nem tomasse muita confiança com os homens, ainda estaria tudo bem...

Ora, aconteceu que Pedro trabalhou aquele dia sem conversar. Comeu a comida que lhe levaram e quando a noite chegou recolheu-se em silêncio ao galpão. No dia seguinte acordou antes de o dia raiar e foi ordenhar as vacas no curral. Ao sair da cama, d. Henriqueta encontrou uma vasilha cheia de leite à porta da cabana.

Aos poucos o mestiço ia se fazendo útil. Os dias passavam e Maneco Terra, que aceitava os serviços dele com alguma relutância, ia deixando sempre para o dia seguinte a resolução de mandá-lo embora. Pedro falava pouco, servia muito e só se dirigia à gente da estância quando era interpelado ou então quando precisava pedir alguma informação ou instrução.

Um dia meteu-se no mato e voltou depois de algumas horas trazendo para d. Henriqueta favos de mel de abelha e uma canastra cheia de frutas silvestres. Doutra feita fez um arco e frechas e saiu a caçar às primeiras horas da tarde; voltou ao anoitecer, trazendo às costas um veado morto — com o sangue a pingar-lhe do focinho — e três jacutingas presas num cipó. Pôs o produto da caça junto da porta do rancho, numa oferenda silenciosa.

Mas Maneco e os filhos ainda não estavam convencidos de que o caboclo era pessoa de confiança. O papel que lhes fora lido, assinado por Pinto Bandeira, podia ser autêntico, mas também podia não ser. Pelas dúvidas, eles mantinham o punhal de Pedro fechado a chave numa gaveta, e conservaram o índio sob severa vigilância. E agora, que ele tinha um arco e frechas, passaram a temer vagamente uma emboscada e, por mais duma madrugada, Maneco Terra ficou de olho aceso, a pensar que, na calada da noite, Pedro podia entrar na casa e matá-los todos, um a um, enquanto dormiam. "O melhor mesmo é mandar esse diabo embora", refletiu certa manhã. Aconteceu, porém, que nesse mesmo dia Pedro se ofereceu para domar um potro — e fê-lo com tanta habilidade, com tamanho conhecimento do ofício, que Maneco Terra ao anoitecer já não pensava mais em despedi-lo. Aquele bugre era o melhor domador que ele encontrara em toda a sua vida! Nunca vira ninguém que tivesse tanta facilidade no trato dum potro! Era como se ele conhecesse a língua do cavalo, e com sua lábia tivesse o dom de conquistar logo a confiança e a amizade do animal... Pedro precisava ficar, pois havia muitos outros potros a domar. Quem recebeu com maior alegria a notícia da proeza do Missioneiro foi d. Henriqueta, que ficava sempre em agonia quando algum dos filhos ou o marido subia para o lombo dum cavalo selvagem. Maneco levara certa vez uma rodada medonha, e desde esse dia sentia umas dores nos rins. Doutra feita Antônio caíra do cavalo e quebrara uma costela. Que dessem agora aquele serviço ao bugre! Era um achado.

E assim Pedro Missioneiro foi ficando na estância dos Terras, e passou a morar numa barraca de taquara coberta de palha, que ele mesmo ergueu na encosta da coxilha, não muito longe da sanga.

Por essa época os ventos da primavera tinham amainado, e pelo cheiro do ar, pelo calor que começava, pelo aspecto dos campos e das árvores, os Terras sentiram que entrava o verão.

6

Pedro construiu um forno de barro perto do curral, e um dia montou a cavalo e saiu sem dizer aonde ia. Horácio viu-o partir e disse à mãe:

— Sempre que o Missioneiro sai a cavalo, me parece que não vai voltar mais...

— Volta, sim — garantiu-lhe d. Henriqueta, que já começava a ter uma certa afeição pelo índio. — Uma coisa me diz que ele volta.

E Pedro voltou mesmo. Voltou trazendo grande quantidade de argila. Ninguém lhe perguntou o que ia fazer com aquilo. O mestiço passou o dia a trabalhar junto do forno aceso e no dia seguinte acercou-se de Ana, trazendo-lhe o odre e os cinco pratos de argila que modelara. A moça murmurou uma breve palavra de agradecimento, sem contudo olhar para o índio. Não tinha coragem para encará-lo de frente. Quando o via, sentia uma coisa que não podia explicar: um mal-estar sem nome, mistura de acanhamento, nojo e fascinação. Chegou à conclusão de que odiava aquele homem, que sua presença lhe era tão desagradável como a de uma cobra. Desde aquele momento passou a ter um desejo esquisito de judiar dele, fazer-lhe todo o mal possível. Um dia botou-lhe cinza fria na comida. Noutro, sem que ele visse, atirou um punhado de sal no pote em que ele ia beber leite. E numa ocasião em que Pedro se inclinou para apanhar algo que caíra ao chão, e ela viu aparecer uma nesga da carne de seu torso tostado, desejou subitamente cravar-lhe as unhas naquela pele até tirar-lhe sangue. Envergonhou-se imediatamente desse desejo, que lhe pareceu doido, e por isso mesmo odiou ainda mais aquele homem estranho que lhe despertava sentimentos tão mesquinhos. Mas o que maior mal-estar lhe causava, o que mais a exasperava, era o cheiro do suor de Pedro que lhe chegava às narinas quando ele passava perto, ou que ela sentia nas camisas dele que tinha de lavar juntamente com a roupa do pai e dos irmãos. O cheiro de Pedro era diferente do de todos os outros.

E agora que o índio tinha sua barraca ali no caminho da sanga, nem mais lavar a roupa em paz ela podia. O diabo do homem não lhe saía do pensamento. "Tomara que ele vá embora!", dizia Ana para si mesma, muitas e muitas vezes por dia. Era um índio sujo, sem eira nem beira. Como podia ela preocupar-se tanto com uma criatura assim! Quando estava batendo a roupa nas pedras, ao pé da sanga, Ana sempre tinha presente a ideia de que fora ali que ela vira o Missioneiro pela primeira vez... E agora lhe parecia que lá de sua barraca ele a estava espiando: chegava a sentir o olhar de Pedro como um sol quente na nuca. Por isso Ana temia a sanga e deixara de tomar banho no poço.

Numa noite de aguaceiro, depois do jantar, quando d. Henriqueta e a filha lavavam os pratos e os homens conversavam ainda junto da mesa, Pedro bateu à porta e pediu licença para entrar. Ao ouvir-lhe a voz, Ana sentiu um calafrio desagradável. Aquela voz lhe fazia mal: era doce demais, macia demais; não podia ser voz de gente direita...

— Pode entrar! — exclamou o velho Terra.

Ana baixou os olhos. Ouviu o mole rascar dos pés descalços do índio no chão do rancho. Continuou a lavar os pratos.

— Vosmecê me dá permisso pra tocar alguma cosa?

Maneco Terra pigarreou.

— Tocar?

— Frauta — explicou Pedro. E mostrou a flauta que tinha feito duma taquara.

Os Terras entreolharam-se em silêncio.

— Está bem — disse Maneco.

Seu rosto, diante de Pedro, nunca assumia uma expressão amiga. Já agora a desconfiança e o temor duma traição haviam desaparecido nele quase por completo; mas ficara um certo desajeitamento, que às vezes se traduzia na maneira áspera com que ele se dirigia ao índio.

— Tome assento — disse o dono da casa, com o ar de quem dava uma ordem de trabalho.

O rancho não era grande. Constava duma só peça quadrada com repartições de pano grosseiro. A maior das divisões era a em que se achavam todos agora. Ali faziam as refeições e ficavam nas noites frias antes de irem para a cama: era ao mesmo tempo refeitório e cozinha, e a um canto dela estava o fogão de pedra e uma talha com água potável. O mobiliário era simples e rústico: uma mesa de pinho sem verniz, algumas cadeiras de assento e respaldo de couro, uma arca também de couro, com fechos de ferro, um armário meio desmantelado e, sobre um estrado, a velha roca de d. Henriqueta. Numa das outras repartições ficava a cama do casal, sobre a qual, na parede, pendia um crucifixo de madeira negra, com um Cristo de nariz carcomido; ao pé da cama ficava um mosquete carregado, sempre pronto para o que desse e viesse. Na divisão seguinte estavam os catres de Antônio e Horácio; e no quarto de Ana mal cabia uma cama de pernas de tesoura, debaixo da qual se via o velho baú de lata, onde a moça guardava suas roupas.

A luz da lamparina de óleo de peixe iluminava pobremente a casa, despedindo uma fumaça negra e enchendo o ar dum cheiro enjoativo.

Pedro sentou-se, cruzou as pernas, tirou algumas notas na flauta, como para experimentá-la, e depois, franzindo a testa, entrecerrando os olhos, alçando muito as sobrancelhas, começou a tocar. Era uma melodia lenta e meio fúnebre. O agudo som do instrumento penetrou Ana Terra como uma agulha, e ela se sentiu ferida, trespassada. Mas notas graves começaram a sair da flauta e aos poucos Ana foi percebendo a linha da melodia... Reagiu por alguns segundos, procurando não gostar dela, mas lentamente se foi entregando e deixando embalar. Sentiu então uma tristeza enorme, um desejo amolecido de chorar. Ninguém ali na estância tocava nenhum instrumento. Ana não se lembrava de jamais ter ouvido música de verdade naquela casa. Às vezes um dos irmãos assobiava. Ou então eram as cantigas tristonhas e desafinadas de sua mãe. Ou dela mesma, Ana, que só cantava quando estava sozinha. Agora aquela melodia, tão bonita, tão cheia de sentimento, bulia com ela, dava-lhe um aperto no coração, uma vontade danada de...

Tirou as mãos de dentro da água da gamela, enxugou-as num pano e aproximou-se da mesa. Foi então que deu com os olhos de Pedro e daí por diante, por mais esforços que fizesse, não conseguiu desviar-se deles. Parecia-lhe que a música saía dos olhos do índio e não da flauta — morna, tremida e triste como a voz duma pessoa infeliz. A chuva tamborilava no teto de palha, batia no chão, lá fora... E Pedro beijava a flauta com seus beiços carnudos. Às vezes a música se parecia com as que Ana costumava ouvir na igreja de Sorocaba, mas dum momento para outro ficava diferente, lembrava uma toada que um dia ela ouvira um tropeiro assobiar ao trote do cavalo...

A chama da lamparina dançava, soprada pelo vento que entrava pelas frestas do rancho. As sombras das pessoas refletidas nas paredes cresciam e minguavam. Com a cabeça apoiada numa das mãos, Maneco Terra escutava. Horácio olhava para o teto. Antônio riscava a madeira da mesa com a ponta da faca. Havia lágrimas nos olhos de d. Henriqueta — lágrimas que lhe escorriam pelas faces sem que ela procurasse escondê-las ou enxugá-las. E mesmo na tristeza seu rosto não perdia a expressão de resignada serenidade.

De repente Ana Terra descobriu que aquela música estava exprimindo toda a tristeza que lhe vinha nos dias de inverno quando o vento assobiava e as árvores gemiam — nos dias de céu escuro em que, olhando a soledade dos campos, ela procurava dizer à mãe o que sentia no peito, mas não encontrava palavras para tanto. Agora a flauta do índio estava falando por ela...

A música cessou. Fez-se um brusco silêncio, que chegou a doer nos nervos de Ana. Agora só se ouvia o ruído da chuva e o chiar da chama da lamparina batida pelo vento.

Maneco puxou um pigarro e perguntou:

— Onde foi que aprendeu a tocar?

— Na mission. Também sabia tocar chirimia.

Maneco abriu a gaveta da mesa, tirou de dentro dela o punhal e atirou-o para Pedro, que o apanhou no ar. Não explicou nada. Achou que não era necessário. O índio recebeu a arma num silêncio compreensivo. Examinou-a por alguns instantes, pô-la à cinta, ergueu-se e, sem dizer palavra, foi-se. No momento em que ele abriu a porta, Ana Terra por um instante viu, ouviu e sentiu a chuva, o vento, a noite e a solidão.

7

Os dias se faziam mais quentes e mais longos. Pelos cálculos de Ana, dezembro devia estar no fim quando Antônio saiu para o Rio Pardo com um carregamento de milho e feijão. D. Henriqueta fez-lhe encomendas: precisava de uma faca de cozinha, de fio para fiar, dum corte de cassa e duns emplastos para as suas dores do lado. E, quando a carreta se sumiu para as bandas do nascente, ela voltou para dentro da casa e foi rezar ao pé do crucifixo.

Numa noite de lua cheia Horácio saiu para o campo a caçar tatu e voltou pela madrugada trazendo uma mulita magra. No dia seguinte a mãe preparou a caça para o almoço, e Maneco e Horácio mostraram-se satisfeitos, pois a carne de mulita era muito apreciada por todos. Pedro, porém, recusou-se a comê-la com uma veemência que quase se aproximava do horror.

— Não gosta? — perguntou d. Henriqueta.

— Nunca provei.

— Pois então prove.

O índio sacudia a cabeça obstinadamente.

— Mas não tem outra coisa — avisou ela. — Só tatu e abóbora.

Pedro fazia que não com a cabeça, ao mesmo tempo que sorria, olhando para o prato. Maneco aproximou-se dele e disse:

— Que luxos são esses? É uma das melhores carnes que conheço.

Pedro explicou que não costumava comer carne de mulita.

— Mas por quê? — perguntou Horácio.

— Porque um dia a mulita e os filhos dela ajudaram a Virgem Maria no deserto — explicou ele.

— Mas que bobagem é essa? — estranhou Maneco Terra.

Voltaram todos para a mesa, junto da qual Ana Terra ficara ouvindo tudo, mas evitando olhar para Pedro e mostrar-se interessada no que ele dizia. O índio sentou-se, pachorrento, junto da porta e, enquanto os outros comiam, contou-lhes uma história.

Havia muitos, muitos anos o rei dos judeus ordenara a seus soldados que matassem todas as crianças das redondezas e por isso a Virgem Maria e seu marido são José fugiram para o deserto, levando o Menino Jesus dentro dum carrinho puxado por um burro. Mas o burro por desgraça empacou no meio do caminho, ao passo que os soldados que perseguiam os fugitivos se aproximavam cada vez mais...

Ana escutava, sem erguer os olhos do prato. No seu espírito o deserto era verde e ondulado como os campos dos arredores da estância, e os rostos da Virgem e do Menino pareciam-se com os das imagens que ela vira na Matriz de Sorocaba.

Pedro prosseguiu:

— Entonces a Virge viu que estava tudo perdido. Pero apareceu a mulita na estrada e Nossa Senhora dije: "Mulita, usted tem filhos? Dá-me uma gotita de leite para meu filho que esta jorando de fome". A mulita deu, pero era solo uma gotita, mui poco. O Menino continuou jorando. Entonces Nossa Senhora dije: "Mulita, vá a jamar tuas filhas". Mulita contestou: "Muitos filhos tengo, pero mujeres pocas". Pero jamou as filhas, que dieram leite ao Menino. E Jesus quedou mui quieto.

Ana escutava Pedro, fascinada. Nunca havia encontrado em toda a sua vida uma pessoa assim. Às vezes o índio lhe parecia louco. Tudo nele era fora do comum: a cara, os modos, a voz, aquela língua misturada... E Ana ouvia-o de olhos baixos, imaginava Nossa Senhora no alto da coxilha, tendo a seu lado o carro com o Menino dentro, são José coçando as barbas, aflito, o burro empacado, e as mulitas fêmeas dando cada uma sua gota de leite para matar a sede de Jesus...

Maneco e Horácio também escutavam, mastigando e olhando para o prato.

As filhas da mulita sumiram-se no deserto, só a mãe ficou junto da Santa Família. E os soldados do rei dos judeus aproximavam-se cada vez mais, com suas espadas e lanças e caras malvadas. São José empurrava o burro, mas o animal continuava empacado. A Virgem, então, num desespero, tornou a falar com a mulita: "Mulita, ajuda-nos com tua força, puxa o carro de meu filho". Já se avistavam os soldados no horizonte, e suas armaduras reluziam ao sol. A mulita começou a puxar o carro, mas, se sua vontade de ajudar era muita, sua força entretanto era pouca. O tropel dos cavalos dos centuriões chegava já aos ouvidos da Virgem e de são José. "Depressa, mulita!", gritou a Mãe de Deus, chorando de medo. "Mande chamar seus filhos para puxar o carro do meu filho." Então a mulita respondeu: "Virgem Santíssima, minha ninhada é mui grande, mas meus filhos machos são poucos". Mas chamou os poucos filhos que tinha, e eles vieram e puxaram o carrinho do Menino Jesus.

— Pero mulita anda despacito — explicou Pedro — e os soldados do rei dos judeus teniam cabalos veloces. Quando jegaram cerca da Virge, hubo uma grande tempestade de arena que dejou os soldados todos cegos e perdidos.

D. Henriqueta perguntou:

— E a Santa Família se salvou?

Maneco lançou-lhe um olhar de reprovação: aquilo era então pergunta que uma mulher velha fizesse? Pedro sacudiu a cabeça afirmativamente:

— Si, doña, salvou-se. E a Virge disse: "Mulita, como paga do leite de tuas filhas e da força de teus filhos, daqui por diante, sempre que tengas ninhadas, seran solamente de machos ou solamente de fêmeas".

Calou-se. Maneco, que tinha terminado de comer, empurrou o prato para o centro da mesa, tirou uma palha de trás da orelha e começou a fazer um cigarro.

— Bobagens — murmurou. — É uma história que nunca sucedeu.

O índio não disse nada. O velho Terra picava fumo com a faca na mão direita, deixando cair os pedacinhos negros na palma da esquerda. Horácio perguntou:

— Onde foi que aprendeu esse causo?

— Na missión. É um causo de verdade.

— Bobagens — repetiu Maneco.

Tinha ouvido falar em muitas histórias de assombração e tesouros enterrados. Mas não acreditava nelas. Naquela terra aberta, sem socavões nem altas montanhas, sem mato brabo nem muitas furnas; naquele escampado, não havia segredos, nem lugar para fantasmas e abusões. Medo só podia ter de gente viva mal-intencionada e de bichos. Quanto a tesouros enterrados, só conhecia os que lhe dava a terra como fruto de seu trabalho de sol a sol, dia após dia, ano após ano. Era um homem positivo, que costumava dar nome aos bois e não gostava de imaginações. Não acreditava em milagres e achava errado dizer que mais vale quem Deus ajuda do que quem cedo madruga. Deus ajuda quem com o sol se levanta e com o sol se deita, cuidando de suas obrigações.

— Pode ser bobagem — arriscou d. Henriqueta, levantando-se e começando a recolher os pratos. — Mas é bonito.

— E sem serventia — completou o marido —, sem serventia como quase tudo que é bonito.

Horácio cuspiu no chão, olhou para o índio e perguntou:

— Então é por isso que vosmecê não come carne de mulita?

— A mulita ajudou a Virge — respondeu Pedro simplesmente. — E Nossa Senhora é minha mãe.

Maneco Terra prendeu o cigarro nos dentes, bateu o isqueiro e acendeu-o. Puxou uma baforada de fumo e depois ficou contemplando Pedro através da fumaça, com seus olhos apertados e incrédulos.

8

Antônio Terra voltou com a carreta de Rio Pardo e, depois de pedir a bênção aos pais, de dar duas palmadinhas no ombro de Ana e Horácio, numa acanhada paródia de abraço, começou a contar as novidades da vila. Assistira aos festejos da entrada do ano-novo — o 78, explicou — e vira o entrudo, os fogos, o leilão e as cavalhadas. Falou com entusiasmo nos uniformes dos oficiais da Coroa e louvou o conforto de certas casas assoalhadas de madeira. Maneco escutou-o meio taciturno. Sempre temera que os filhos um dia o abandonassem para ir morar no Rio Pardo. Gente moça — achava ele — gostava muito de festa, de barulho e de bobagens...

À mesa do almoço conversaram ainda sobre Rio Pardo. O sol batia de chapa no toldo de palha e a cabana estava quente como um forno. Ana via os irmãos comendo e suando, as caras barbudas e reluzentes, a testa gotejando, as camisas empapadas. O panelão de feijão, com pedaços de linguiça e toicinho, fumegava no centro da mesa, e moscas voavam no ar pesado. Na cabeça de Ana soava uma flauta: a melodia que Pedro tocara naquela noite de chuva não lhe saía da memória, noite e dia, dia e noite.

Antônio começou a contar das estâncias que vira, de suas vastas lavouras de trigo, do número de peões e escravos que certos estancieiros ricos possuíam. Tivera ocasião de beber o excelente vinho feito pelos colonos açorianos com uva nascida do solo do Rio Pardo! Maneco escutava-o pensativo. Um dia ainda haviam de ter também ali na estância um grande trigal, e mais campo, mais gado, mais tudo. Mas não tinha pressa. Seu lema era: "Devagar mas firme".

Pensou no pai, que passara metade da vida a viajar entre São Paulo e o Rio Grande de São Pedro, sempre às voltas com tropas de mulas, que vendia na feira de Sorocaba. Uma vez o velho ficara dois anos ausente; correra até o boato de que ele havia sido assassinado pelos índios tapes. Um belo dia, porém, Juca Terra reapareceu trazendo na guaiaca muitas onças de ouro e a carta de sesmaria dumas terras do Continente que ele dizia ficarem nas redondezas dum tal rio Botucaraí. Quando a mulher se queixava de que ele era um vagamundo e tinha bicho-carpinteiro no corpo, o velho Terra meio que entristecia e com sua voz grossa e lenta dizia: "Vosmecê pensa que gosto dessa vida de judeu errante? O que eu quero mesmo é um sítio, uma lavoura, um gadinho e uma vida sossegada. Um dia inda hei de me estabelecer nos meus campos do Continente". Dizia isso com orgulho, batendo na guaiaca, onde guardava sua carta de sesmaria. Mas o coitado morrera sem realizar o seu desejo. E, ao pensar agora nessas coisas, Maneco olhava para a arca de couro dentro da qual guardava a carta de posse da terra que ele, a mulher e os filhos neste momento pisavam, da terra que tinha comido as carnes do Lucinho e que um dia se fecharia também sobre seu corpo.

Antônio descreveu para Ana o baile a que assistira no Rio Pardo. Falou com especial entusiasmo nos seus esplêndidos violeiros e gaiteiros, e nos bailarins que dançavam a chimarrita e a tirana que era uma beleza!

— Vi lindas moças — acrescentou, levando à boca com ambas as mãos uma costela de vaca e arrancando-lhe com os dentes a carne junto com a pelanca. — Por sinal fiquei até gostando duma delas. Chama-se Eulália. Dançamos toda a noite de par efetivo.

Maneco Terra espetou no garfo um pedaço de carne, e antes de levá-lo à boca repetiu um ditado que aprendera nos campos da Vacaria:

— Pra essas éguas da cidade não há cabresto nem palanque.

Não queria que os filhos casassem com moça da vila, dessas que não gostam de campo e só pensam em festas, roupas e enfeites.

— Me disseram no Rio Pardo — continuou Antônio — que em Porto Alegre um homem foi preso por ordem do Senado da Câmara só porque não quis ir a uma procissão.

Maneco enristou a faca na direção do filho e disse:

— É por essas e por outras que eu prefiro viver nos meus campos. Aqui faço o que quero, ninguém me manda. Sou senhor de meu nariz.

— Mas uma vila tem as suas vantagens, papai — arriscou Horácio.

— Que vantagens? Pra principiar são cercadas de muros e valos, como uma cadeia. Depois têm duas coisas que eu não gosto: soldado e padre.

— Mas que ia ser de nós sem os soldados? — perguntou Antônio. — Essa castelhanada vive nos atacando.

— Ora! No momento do aperto eles chamam os paisanos. Quem foi que mais ajudou a expulsar os castelhanos? Foi Pinto Bandeira. É um oficial de tropa? Não. É um estancieiro. E assim outros e outros...

— Mas numa cidade ao menos a gente está mais seguro, Maneco — disse d. Henriqueta, que se levantara para ir buscar a caixeta de pessegada.

— Fresca segurança! — exclamou o marido. E enumerou casos que sabia: crimes e banditismos ocorridos no Rio Pardo, na Capela do Viamão e em Porto Alegre.

— Lá a gente recebe cartas — arriscou Ana, que sempre achara bonito uma pessoa receber uma carta.

— Passo muito bem sem essas cousas — retrucou-lhe o pai. — Carta não engorda ninguém.

Houve um silêncio. Depois Antônio começou a contar de como iam adiantadas no Rio Pardo as obras da Matriz. — Dizem que daqui a um ano, ou ano e pouco, vai ficar pronta... — Maneco não prestava atenção ao que o filho dizia. Seu olhar perdeu-se pelo campo, que ele via pelo vão da porta. O ar tremia, era uma soalheira medonha. Longe, contra um céu desbotado, urubus voavam. Uma vaca mugia tristemente.

Maneco recordava sua última visita a Porto Alegre, onde fora comprar ferramentas, pouco antes de vir estabelecer-se ali na estância. Achara tudo uma porcaria. Lá só valia quem tinha um título, um posto militar ou então quem vestia batina. Esses viviam à tripa forra. O resto, o povinho, andava mal de barriga, de roupa e de tudo. Era verdade que havia alguns açorianos que estavam enriquecendo com o trigo. Esses prosperavam, compravam escravos, pediam e conseguiam mais sesmarias e de pequenos lavradores iam se transformando em grandes estancieiros. Mas o governador não entregava as cartas de sesmaria assim sem mais aquela... Se um homem sem eira nem beira fosse ao Paço pedir terras, botavam-no para fora com um pontapé no traseiro. Não senhor. Terra é pra quem tem dinheiro, pra quem pode plantar, colher, ter escravos, povoar os campos.

Maneco ouvira muitas histórias. Pelo que contavam, todo o Continente ia sendo aos poucos dividido em sesmarias. Isso seria muito bom se houvesse justiça e decência. Mas não havia. Em vez de muitos homens ganharem sesmarias pequenas, poucos homens ganhavam campos demais, tanta terra que a vista nem alcançava. Tinham lhe explicado que o governo fazia tudo que os grandes estancieiros pediam porque precisava deles. Como não podia manter no Continente guarnições muito grandes de soldados profissionais, precisava contar com esses fazendeiros, aos quais apelava em caso de guerra. Assim, transformados em coronéis e generais, eles vinham com seus peões e escravos para engrossar o exército da Coroa, que até pouco tempo era ali no Continente constituído dum único regimento de dragões. E, como recompensa de seus serviços, esses senhores de grandes sesmarias ganhavam às vezes títulos de nobreza, privilégios, terras, terras e mais terras.

Era claro que, quando havia uma questão entre esses graúdos e um pobre-diabo, era sempre o ricaço quem tinha razão. Maneco vira também em Porto Alegre as casas de negócio e as oficinas dos açorianos. Apesar de ser neto de português, não simpatizava muito com os ilhéus.

Era verdade que tinha certa admiração pela habilidade dos açorianos no trato da terra e no exercício de certas profissões como a de ferreiro, tanoeiro, carpinteiro, seleiro, calafate... Reconhecia também que eram gente trabalhadora e de boa paz. Achava, entretanto, detestável sua fala cantada e o jeito como pronunciavam certas palavras.

D. Henriqueta partia a pessegada, Horácio palitava os dentes com uma lasca de osso.

— Me contaram também — prosseguiu Antônio — que a gente tem de tirar o chapéu quando passa pela frente do Paço.

Maneco mastigou com fúria um naco de pessegada.

— Um homem só tira o chapéu na frente de igreja, cemitério ou de pessoa mais velha e de respeito — sentenciou ele, acrescentando: — Como nesta estância não tem igreja, nem cemitério nem ninguém mais velho que eu, só tiro o chapéu quando quero.

Os outros não disseram nada. Comeram em silêncio a sobremesa, com os olhos já meio caídos de sono. Depois os homens se ergueram e foram dormir a sesta, e as mulheres puseram-se a lavar os pratos.

De longe vinha agora o som da flauta de Pedro. Ana sentia os olhos pesados, a cabeça zonza: seu corpo estava mole e dolorido, como se tivesse levado uma sova. Olhou para fora, através da janela, mas não pôde suportar o clarão do sol. Moscas voavam e zumbiam ao redor da mesa. Um burro-choro começou a zurrar, longe.

— Acho que estou doente — murmurou ela.

— Deve ser o incômodo que vem vindo — disse a mãe, que tinha as mãos mergulhadas na água gordurosa da gamela.

Ana não respondeu. Continuou a enxugar os pratos. O som da flauta aumentava-lhe a sensação de calor, preguiça e mal-estar.

— Se ele parasse de tocar era melhor... — murmurou.

Nunca pronunciava o nome de Pedro. Quando se referia ao índio dizia apenas "ele" ou "o homem".

— Deixa o coitado! — retrucou d. Henriqueta. — Vive tão sozinho que precisa se divertir um pouco.

Ana estava inquieta. No fundo ela bem sabia o que era, mas envergonhava-se de seus sentimentos. Queria pensar noutra coisa, mas não conseguia. E o pior era que sentia os bicos dos seios (só o contato com o vestido dava-lhe arrepios) e o sexo como três focos ardentes. Sabia o que aquilo significava. Desde seus quinze anos a vida não tinha mais segredos para ela. Muitas noites, quando perdia o sono, ficava pensando em como seria a sensação de ser abraçada, beijada, penetrada por um homem. Sabia que esses eram pensamentos indecentes que precisava evitar. Mas sabia também que eles ficariam dentro de sua cabeça e de seu corpo, para sempre escondidos e secretos, pois nada neste mundo a faria revelar a outra pessoa — nem à mãe, nem mesmo à imagem da Virgem ou a um padre no confessionário — as coisas que sentia e desejava. E agora ali no calor do meio-dia, ao som daquela música, voltava-lhe intenso como nunca o desejo de homem. Pensava nas cadelas em cio e tinha nojo de si mesma. Lembrava-se das vezes que vira touros cobrindo vacas e sentia um formigueiro de vergonha em todo o corpo. Mas esse formigueiro era ainda desejo. Decerto a soalheira era a culpada de tudo. A soalheira e a solidão. Pensou em ir tomar um banho no poço. Não: banho depois da comida faz mal, e mesmo ela não aguentaria a caminhada até a sanga, sob o fogo do sol. A sanga era para Ana uma espécie de território proibido: significava perigo. A sanga era Pedro. Para chegar até a água teria de passar pela barraca do índio, correria o risco de ser vista por ele.

A água do poço devia estar fresca. Ana imaginou-se mergulhada nela, sentiu os lambaris passarem-lhe por entre as pernas, roçarem-lhe os seios. E dentro da água agora deslizava a mão de Pedro a acariciar-lhe as coxas, mole e coleante como um peixe. Uma vergonha! O que ela queria era macho. E pensava em Pedro só porque, além do pai e dos irmãos, ele era o único homem que havia na estância. Só por isso. Porque na verdade odiava-o. Pensou nos beiços úmidos do índio colados à flauta de taquara. Os beiços de Pedro nos seus seios. Aquela música saía do corpo de Pedro e entrava no corpo dela... Oh! Mas ela odiava o índio. Tinha-lhe nojo. Pedro era sujo. Pedro era mau. Mas, apesar de odiá-lo, não podia deixar de pensar no corpo dele, na cara dele, no cheiro dele — aquele cheiro que ela conhecia das camisas —, não podia, não podia, não podia.

— Se ele parasse de beijar! — exclamou ela. E, percebendo que tinha dito *beijar* em vez de *tocar*, ficou vermelha e confusa.

Deixou cair um prato, que bateu no chão com um ruído fofo. D. Henriqueta olhou para a filha, apreensiva, e disse:

— Vá se deitar que é melhor.

Sem dizer palavra Ana Terra caminhou para o catre.

9

Como era noite de lua cheia, depois do jantar os Terras vieram ficar um pouco na frente da casa, antes de irem dormir. O céu estava dum azul muito pálido e transparente, e Ana teve a impressão de que o lucilar das estrelas acompanhava o cri-cri dos grilos. Subia do chão, no ar parado, um cheiro morno de capim e terra que tomou muito sol durante o dia.

Maneco Terra fumava, distraído, olhando para sua lavoura e pensando vagamente no dia em que em lugar do milho, da mandioca e do feijão tivesse um grande trigal. Precisaria de contratar peões e comprar escravos. Em vez de mandar uma carreta a Rio Pardo, passaria a mandar duas ou três. No futuro construiria uma casa maior, toda de pedra. Compraria também mais gado, mais cavalos, mais mulas. Sim, e ovelhas, talvez até porcos. Faria tudo devagar — devagar mas com firmeza.

Antônio e Horácio conversavam em voz baixa sobre o que tinham de fazer no dia seguinte. De quando em quando d. Henriqueta suspirava baixinho. E de repente, em meio dum silêncio picado pelo cricrilar dos grilos, ela disse:

— Precisamos dum cachorro.

Tinham tido um perdigueiro que, fazia muito, havia morrido duma mordida de cobra-coral. Desde então Maneco vivia a prometer que mandaria buscar um ovelheiro no Rio Pardo, mas nunca mandava. E agora, ouvindo a observação da mulher, ele perguntou:

— Quem foi que falou em cachorro?

— Ninguém. Eu é que me lembrei. Sinto falta de cachorro aqui em casa.

Maneco ficou pensando no pai, que tanto gostava de cachorros. Parecia mentira que um dia, havia muito tempo, o velho Juca Terra passara por aqueles mesmos campos com seus companheiros vicentistas. Maneco imaginava o velho em cima do cavalo, metido no seu poncho, com o chapelão de couro na cabeça, o mosquete a tiracolo e o facão de mato à cinta. Decerto ele acampara ali numa noite de lua como aquela, e antes de dormir ficara pensando no rancho que um dia havia de erguer no alto da coxilha...

Ouviu-se o guincho duma ave noturna. Um vulto encaminhava-se para a cabana e nele os Terras reconheceram Pedro. O índio aproximou-se em silêncio e pediu licença para sentar-se junto deles. Maneco disse:

— Tome assento.

Pedro sentou-se a uns cinco passos de onde estava o grupo e ficou calado.

— Amanhã vamos parar rodeio, Pedro — disse-lhe Antônio.

— Mui lindo — respondeu o índio.

— Vosmecê vá no bragado — instruiu-o Maneco. — O Antônio vai no alazão, o Horácio no baio.

— Mui lindo — repetiu Pedro.

E de novo o silêncio caiu. As estrelas brilhavam. Pedro olhava para a lua. Ana esforçava-se para não atentar nele, para ignorar sua presença. Sentia que agora, na noite morna e calma, não o odiava mais. Chegava a ter pena dele, da sua solidão, da sua pobreza, do seu abandono, da sua humildade serviçal.

Longe, contra a silhueta negra dum capão, um fogo vivo brilhou por uns instantes e depois se apagou.

— Olha lá! — exclamou Horácio, estendendo a mão.

Os outros olharam. A chama, que tornara a aparecer, agora se movia pela orla do capão. Em poucos segundos apagou-se outra vez.

— Boitatá — sussurrou Pedro.

— É o fogo de algum carreteiro acampado — disse Maneco.

— Puede ser, puede no ser — disse o índio.

— Muitas vezes vi fogo assim de noite no alto da serra — contou Antônio. — Nunca fiquei sabendo o que era.

— Boitatá — tornou a dizer Pedro, como se falasse para si mesmo. E acrescentou: — A cobra de fogo.

— Vosmecê acredita mesmo nisso? — perguntou Maneco, coçando a barba.

— Vi muitas.

Antônio soltou uma risada seca:

— Esse índio viu tudo...

— Anda por aí uma história mal contada — observou Maneco. — Um bugre velho que viveu no Povo de São Tomé um dia me falou na tal teiniaguá... Isso é invenção de índio.

— Mas hai — disse Pedro.

E, como os outros deixassem morrer o assunto e ficassem em silêncio, ele acrescentou:

— A teiniaguá já desgració um sacristán.

Repetiu com algumas modificações a história que Maneco Terra ouvira da boca do velho índio missioneiro.

Os mouros de Salamanca, mestres em artes mágicas, ficaram loucos de raiva quando foram vencidos nas Cruzadas pelos cristãos. Resolveram então vir para o Continente de São Pedro do Rio Grande, trazendo consigo sua fada transformada numa velhinha. Os mouros tinham grande ódio de padre, santo e igreja, e o que queriam mesmo era combater a cruz. Mal chegaram ao Continente fizeram parte com o diabo, que transformou a linda princesa moura na teiniaguá, uma lagartixa sem cabeça que também ficou conhecida como *carbúnculo*. No lugar da cabeça do animal, o tinhoso botou uma pedra vermelha muito transparente, que era um condão mágico. Quando o sol nasceu, seus raios deixaram a pedra tão brilhante que ninguém podia olhar para ela sem ficar meio cego. Ora, o encontro do diabo com a princesa se deu numa furna, a que chamaram *salamanca*. E em sete noites de sexta-feira o demônio ensinou à teiniaguá onde ficavam todas as furnas que escondiam tesouros. E, como era mulher e mui sutil, a princesa aprendeu depressa.

Houve uma pausa. De novo o fogo brilhou longe, à beira do mato. Então d. Henriqueta perguntou:

— E depois?

Pedro prosseguiu:

— Habia na mission de San Tomé um sacristán, muchacho mui triste. E una tarde, a la hora de la siesta, cuando los curas dormian, o muchacho caminou para a laguna que habia cerca, una laguna que parecia un calderón de água fervendo, parecia que o diabo vivia adentro, os peixes morriam, as jervas secavam... Entonces o sacristán viu salir da água um bicho pequeño... Era teiniaguá, com sua cabeza de sol. O sacristán quedó como loco, porque sabia que si prendiera a teiniaguá ganava una fortuna. Entonces tomó una guampa con água e meteu a teiniaguá adentro dela, e levou o bicho para su cela e lo alimentó com mel de lechiguana. Estava tan contento que batia no peito, dizendo que ia quedar rico com aquela pedra, el hombre más feliz do mundo. Pero un dia a teiniaguá se transformó numa princesa moura, mui linda, e el sacristán quedó loco de amor, e fué tentado, e pecó. Buscó el vino de la igreja, vino de missa, e se emborrachó com la princesa e quedó desgraciado...

Maneco queria encurtar a história, porque lhe era ainda desagradável aos ouvidos a voz de Pedro e sua língua confusa. Além disso, o fato de todos estarem escutando com atenção aquele mameluco dava-lhe uma importância que ele não merecia. Por isso, aproveitou a pausa que Pedro fizera e falou:

— Os padres então chegaram, viram o sacristão bêbedo, a cela desarrumada, sentiram cheiro de mulher e compreenderam tudo. O sacristão foi posto a ferros, e quiseram que ele confessasse o que tinha acontecido. Mas ele não confessou. Foi então condenado à morte e, quando levaram ele pra praça, o sino tocava finados e todo o Povo de São Tomé veio olhar. Quando o carrasco ia matar ele, começou a soprar uma ventania danada, ouviu-se um barulhão e todos ficaram mui assustados, os padres atiraram água benta no povo e começaram a rezar. Ouviu-se um ronco de fera e a teiniaguá saiu da lagoa com a cabeça erguida, faiscando. Saiu derrubando árvores, esbarrancando as terras. Foi assim que o índio velho me contou, se estou lembrado.

Pedro sacudia lentamente a cabeça.

— Diziam que era o fim do Povo de San Tomé, ou o fim do mundo. Pero hubo un milagre. Una cruz apareció no céu.

— E o sacristão? — perguntou Horácio, que ouvia a história de cócoras, arrancando talos de capim com dedos distraídos.

— O sacristán quedó solito, abandonado, com as manos presas em cadenas.

— Dizem que depois foram pro cerro de Jarau — prosseguiu Maneco Terra. — O sacristão e a princesa. Lá no cerro havia uma salamanca onde estava escondido um tesouro mui grande.

— Há quem diga que as salamancas existem — arriscou Antônio.

— Un dia encontré um castelhano que tinha entrado na furna de Jarau — disse Pedro.

— E que foi que ele encontrou lá? — indagou Horácio com um risinho incrédulo.

— Doblões de ouro, onças, pedras preciosas, mucha plata. Mui lindo.

— Decerto era um castelhano contador de rodelas — murmurou Maneco.

Pedro prosseguiu, sereno:

— O hombre dijo que Jarau está guardado por pumas e tigres, por almas penadas, por culebras calaveras. Mui feo. Un dia eu quero entrar na furna do Jarau.

— Não acredito nesses tesouros escondidos... — declarou Maneco Terra.

Antônio ergueu-se, espreguiçou-se e disse, abafando um bocejo:

— Eu bem que queria descobrir os tesouros que os padres enterraram nas missões.

— Patacoadas! — exclamou Maneco Terra, erguendo-se também. — Nosso tesouro está aqui mesmo.

E com a cabeça fez um sinal que abrangia o campo em derredor.

Do seu canto Ana olhava com o rabo dos olhos para Pedro, que continuava sentado, imóvel, com ambos os braços ao redor dos joelhos, olhando fixamente para a lua.

À hora de deitar-se Ana ouviu a voz da mãe, que dizia ao marido:

— Nunca sei quando esse índio está brincando ou falando sério.

Maneco pigarreou, gemeu baixinho, estendeu-se no catre, ficou calado por algum tempo e depois resmungou:

— É um mentiroso.

E apagou a lamparina com um sopro.

10

Aquele verão foi seco e cruel. Quando o áspero vento norte soprava, Ana Terra ficava de tal maneira irritada, tão brusca de modos e palavras, que d. Henriqueta murmurava: "O que essa menina precisa mesmo é casar duma vez...". Ana revoltava-se. Casar? O que ela precisava era mudar de vida, visitar de vez em quando Rio Pardo, ir a festas, ter amigas, ver gente. Aquela solidão ia acabar deixando-a doida varrida... Mas na presença do pai não dizia nada. Recalcava a revolta, prendia-a no peito, apertava os lábios para que ela não se lhe escapasse pela boca em palavras amargas. Nas noites abafadas dormia mal, às vezes levantava-se, ia para a frente da casa, ficava olhando as coxilhas e o céu, tendo nos olhos um sono pesado e na cabeça, no peito, no corpo todo uma ânsia que a mantinha desperta e agitada. Não raro, altas horas da noite, acordava com uma sede desesperada, metia a caneca na talha, bebia em longos goles uma água que a mornidão tornava grossa; e ia bebendo caneca sobre caneca, para no fim ficar com o estômago pesado sem ter saciado a sede nem aliviado a ardência da garganta. Muitas vezes o sono só lhe vinha de madrugada alta, e, vendo pela cor do horizonte que o dia não tardava a raiar, concluía que não adiantava ir para a cama, pois, dentro de pouco, teria de acender o fogo para aquentar a água do chimarrão. O remédio, então, era molhar os olhos, lavar a cara, caminhar ao redor do rancho para espantar a sonolência.

Uma tarde, à hora da sesta, Ana Terra tornou a sentir aquela agonia de outras tardes e noites. Era uma sensação que não saberia descrever a ninguém. Seria fome?... Havia acabado de almoçar, estava de estômago cheio; logo não podia ser fome. Tinha a sensação de que lhe faltava alguma coisa no corpo, como se lhe houvessem cortado um pedaço do ser. Era ao mesmo tempo uma falta de ar, uma impaciência misturada com a impressão de que alguma coisa — que ela não sabia bem claramente o que era — ia acontecer, alguma coisa *tinha* de acontecer. Revolveu-se na cama, meteu a cara no travesseiro, procurou dormir... Inútil. Ficou de novo deitada de costas, ouvindo o espesso ressonar dos homens dentro da cabana. Viu uma mosca-varejeira entrar por uma fresta da janela e ficar voando, zumbindo, batendo nas paredes, caindo e tornando a levantar-se para outra vez voejar e zumbir... Ana seguia com o olhar os movimentos da varejeira e acabou ficando tonta. Cigarras rechinavam lá fora. E mesmo sem ouvir o barulho do vento Ana sabia que estava ventando, pois seus nervos adivinhavam... Era o vento quente do norte a levantar uma poeira seca. Ana sentia o suor escorrer-lhe pelo corpo todo. O vestido se lhe colava às costas. Puxou toda a saia para cima do peito e ficou de coxas nuas e afastadas uma da outra, desejando água, um banho à sombra das árvores. Imaginou-se descendo a coxilha, rumo da sanga. Por que não fazia isso? Sim, seria melhor ir para fora. Mas não foi, era como se o suor a grudasse aos lençóis escaldantes. Começou a mover a cabeça devagarinho dum lado para outro, sentindo o latejar do sangue nas têmporas, que começavam a doer-lhe. Agora, sim, ela ouvia o vento. Não era um sopro uniforme: de vez em quando amainava, de repente vinha uma rajada mais forte, e Ana ouvia também o crepitar miúdo da poeira caindo no chão e na coberta da casa. As pálpebras pesavam-lhe, fechavam-se. Veio-lhe um torpor de febre, e de repente, num mundo confuso, Ana sentiu que um touro vermelho lhe lambia as pernas, enquanto ela se retorcia toda arrepiada de medo, nojo e desejo... A língua do touro era viscosa, babava-lhe as coxas, e a respiração do animal tinha a mornidão úmida do vento norte. E de repente, trêmula e aflita, Ana se encontrou de novo de olhos abertos, vendo o teto de palha da cabana, ouvindo o ressonar dos homens e o zumbido da varejeira que agora refulgia, verde-azul, presa momentaneamente numa réstia de sol.

Meio sem saber o que fazia, atirou as pernas para fora do catre e ergueu-se. Sentindo na sola dos pés a terra morna do chão, caminhou sem ruído para a porta, abriu-a devagarinho e saiu. Fora, o sol envolveu-a como um cobertor de fogo. Ana Terra começou a descer a encosta que levava à sanga. A luz ofuscava, e havia no ar um vapor trêmulo que subia do chão escaldante. As rosetas lhe picavam os pés nus, mas ela continuava a andar. Quando viu a corticeira, precipitou-se a correr. Deitou-se à beira da sanga, puxou a saia para cima dos joelhos, mergulhou as pernas na água, com um débil suspiro de alívio, e cerrou os olhos. Ouvia o farfalhar das folhas, sentia a quentura rija da terra contra as costas, as nádegas e as coxas, e assim ficou num abandono ofegante, cansada da corrida e ao mesmo tempo surpreendida de ter vindo. Pensou vagamente em atirar-se no poço, mas não teve coragem de mover-se. Uma cigarra começou a rechinar, muito perto. Ana sentia um aperto nas têmporas, a cabeça dolorida, as ideias sombrias, como se o sol lhe houvesse chamuscado os miolos. Ficou num torpor dolorido e tonto, escutando o murmúrio da água, o canto da cigarra, o farfalhar das folhas e o pulsar surdo do próprio sangue.

Num dado momento sua madorna foi arranhada por um estralar de ramos secos que se quebram. Teve um retesamento de músculos e abriu os olhos. "Tigre ou cobra", pensou. Mas uma dormência invencível chumbava-a à terra. Voltou um pouco a cabeça na direção do ruído e vislumbrou confusamente um vulto de homem, quase invisível entre os troncos das árvores, bem como certos bichos que tomam a cor do lugar onde estão. Ana então sentiu, mais que viu, que era Pedro. Quis gritar, mas não gritou. Pensou em erguer-se, mas não se ergueu. O sangue pulsava-lhe com mais força na cabeça. O peito arfava-lhe com mais ímpeto, mas a paralisia dos membros continuava. Tornou a fechar os olhos. E ouviu Pedro caminhar, aproximar-se num ruído de ramos quebrados, passos na água, seixos que se chocam. Apertava os lábios já agora com medo de gritar. Pedro estava tão perto, que ela sentia sua presença na forma dum cheiro e dum bafo quente. Sentiu quando o corpo do índio desceu sobre o dela, soltou um gemido quando a mão dele lhe pousou num dos seios, e teve um arrepio quando essa mão lhe escorregou pelo ventre, entrou-lhe por debaixo da saia e subiu-lhe pelas coxas como uma grande aranha-caranguejeira. Numa raiva Ana agarrou com fúria os cabelos de Pedro, como se os quisesse arrancar.

11

Os dias que se seguiram foram para Ana Terra dias de vergonha, constrangimento e medo. Vergonha pelo que tinha passado; constrangimento perante Pedro, quando o encontrava diante das outras pessoas da casa; e medo de que estas últimas pudessem ler nos olhos dela o que havia acontecido. Aquele momento que passara com o índio à beira da sanga lhe havia ficado na memória duma forma confusa. Lembrava-se duma exaltação tocada de horror, dum doloroso dilaceramento misturado de gozo, e também do desespero de quem faz uma coisa que teme só para se livrar da obsessão desse temor.

No fim de contas, que era mesmo que ela sentia por Pedro? Amor? Nojo? Ódio? Pena? Às vezes se surpreendia a querer que ele morresse de repente, ou então que fosse embora, deixando-a em paz. Talvez fosse melhor que aquilo não tivesse acontecido... Ou melhor, que Pedro nunca tivesse aparecido na estância. A agonia em que vivia desde o primeiro dia em que pusera os olhos naquele homem persistia ainda. E agora ela tinha novos cuidados porque, além de todas as coisas que sentia antes, vivia num estado de apreensão insuportável. Chegava à conclusão de que o horror de que o pai e os irmãos descobrissem tudo era o sentimento que dominava todos os outros, até mesmo o desejo de ser de novo tomada pelo índio. Temia também que os homens da casa cometessem alguma violência. Eles tratavam Pedro como um ser inferior e não lhes passaria nunca pela cabeça a ideia de que Pedro Missioneiro jamais pudesse fazer parte da família. Ana conhecia casos de pais que matavam as filhas ao sabê-las desonradas. Honra se lava com sangue!

E o tempo passava... À noite Ana dormia mal, pensava muito e temia mais ainda. Procurava convencer a si mesma de que podia viver sem Pedro, continuar como era antigamente. Achava que tudo tinha acontecido só por causa do calor e da sua solidão. Mas, se por um lado ela queria levar os pensamentos para essa direção, por outro seu corpo ia sempre que possível para Pedro, com quem continuava a encontrar-se à hora da sesta no mato da sanga. Ficava com ele por alguns instantes, com o coração a bater descompassado. Falavam muito pouco e o que diziam nada tinha a ver com o que faziam e sentiam. Eram momentos rápidos, excitantes e cheios de sustos. E, no dia em que pela primeira vez ela sentiu em toda a plenitude o prazer do amor, foi como se um terremoto tivesse sacudido o mundo. Voltou para casa meio no ar, feliz, como quem acaba de descobrir uma salamanca — ansiosa por ruminar a sós aquele gozo estonteantemente agudo que a fizera gritar quase tão alto como os quero-queros...

O verão terminou, o outono começou a amarelecer as folhas de algumas árvores e pôs um arrepio no ar. E um dia, quando lavava roupa na sanga, Ana sentiu uma súbita tontura acompanhada de náusea. Ficou então tomada de pânico, porque lhe ocorreu imediatamente que estava grávida. Por longo tempo quedou-se imóvel ajoelhada junto da água, com as mãos cheias de espuma, os olhos postos na corrente, pensando no horror daquela descoberta. Voltou para casa aniquilada. Que fazer? Pedro estava ausente, tinha ido com Horácio levar uma tropa à estância de Cruz Alta do Rio Pardo. Pensou vagamente em fugir ou em ir à vila sob qualquer pretexto e lá procurar uma dessas mulheres que sabem de coisas para fazer desmancho. Tinha ouvido falar numa erva... Se contasse à mãe talvez ela a pudesse ajudar. Mas não teve coragem.

Dias passaram. Os sintomas se agravaram. Ana começou a observar a lua, viu-a passar por todas as fases: seu incômodo mensal não veio. Não havia mais dúvida. Num temor permanente passou a olhar para o ventre, a apalpá-lo, para ver se ele já começava a crescer. E, quando Pedro voltou, uma noite ela saiu da cama sem ruído — o ar estava frio, o capim úmido de sereno, o céu muito alto —, foi até a barraca do índio, contou-lhe que ia ter um filho e ficou ofegante à espera duma resposta. Houve um curto silêncio, ao cabo do qual Pedro murmurou:

— Mui lindo.

De repente Ana desatou a chorar. Estavam ambos sentados no chão lado a lado. Pedro enlaçou-a com os braços, estreitou-a contra si e as lágrimas da rapariga rolaram-lhe mornas pelo peito. Ana sentia contra as faces as carnes elásticas e quentes do homem, e o bater regular de seu coração. Chorou livremente por algum tempo. Pedro nada dizia, limitou-se a acariciar-lhe os cabelos. E, quando ela parou de chorar, pôs-lhe a mão espalmada sobre o ventre e sussurrou:

— Rosa mística.

Ana franziu a testa.

— Quê?

— Rosa mística.

— Que é isso?

— Nossa Senhora, mãe do Menino Jesus.

Ana não compreendeu. Outra vez lhe passou pela mente a ideia de que talvez o índio não fosse bom do juízo.

— Pedro, vamos embora daqui!

Ele ficou em silêncio. Um quero-quero guinchou, e sua voz metálica espraiou-se na noite quieta.

— Vamos, Pedro!

Pedro sacudiu a cabeça.

— Demasiado tarde — respondeu.

Ana não entendeu bem o sentido daquelas palavras, mas, como o índio sacudisse a cabeça, ela viu que ele dizia não, que não.

— Mas por quê? Por quê? Se meu pai e meus irmãos descobrem, eles nos matam. Vamos embora.

— Demasiado tarde.

— Que é que vamos fazer então?

— Demasiado tarde. Voy morrer.

— Pedro!

— Eu vi... Vi quando dois hombres enterraram mi cuerpo cerca dum árbol. Demasiado tarde.

— Como?

— Dois hombres — murmurava Pedro. — Mi cuerpo morto... cerca dum árbol.

— Um sonho?

— No. Eu vi.

— Mas como?

— Demasiado tarde.

Ana agarrou os ombros do índio e sacudiu-o.

— Então foge sozinho.

— Demasiado tarde.

— Foge, Pedro. Foge. Não é tarde, não. Depois nos encontramos... em qualquer lugar.

Parou, sem fôlego. Pedro sorriu e murmurou:

— Rosa mística.

E deu-lhe o punhal de prata que trazia à cinta.

Ana voltou para casa com a morte na alma. Ia pensando naquela coisa que lhe crescia no ventre. Dentro de poucos dias não seria mais possível esconder que estava grávida.

Ao chegar perto da cabana começou a temer que o pai ou um dos irmãos a ouvisse entrar e perguntasse quem era. Começou a andar devagarinho, na ponta dos pés, o coração a bater-lhe num acelerado de medo. De repente uma sombra avançou para ela. Ana não pôde conter um grito de espanto, um grito que lhe saiu do fundo da garganta, quase como um ronco. Ficou de boca aberta, com a respiração subitamente cortada... O vulto delineou-se com mais nitidez, e ela reconheceu a mãe. As duas mulheres ficaram frente a frente, paradas, sem dizer uma única palavra, sem fazer o menor gesto. E aos poucos Ana percebeu que a mãe chorava de mansinho, sem ruído: os soluços mal reprimidos sacudiam-lhe os ombros ossudos. D. Henriqueta aproximou-se da filha e choramingou:

— Que será que vai acontecer agora, Ana?

A moça atirou-se nos braços da mãe, abafou os soluços contra seus murchos peitos e ali ficou fazendo um esforço dilacerador para não soltar o pranto, e sentindo que o frio do chão lhe subia pelo corpo, lhe penetrava as carnes e lhe enregelava os ossos.

— E agora, mamãe, e agora? — perguntava ela.

— Não há de ser nada com Deus e Nossa Senhora, minha filha.

Num súbito acesso de nervos, quase gritando, Ana desabafou:

— Mas eu vou ter um filho!

— Santo Deus! — murmurou d. Henriqueta. E quando ela pronunciou essas palavras de espanto Ana sentiu na orelha seu hálito morno. — Santo Deus! Esse homem só veio trazer desgraça pra nossa casa...

— Mãe, e se eu tomasse um remédio pra botar o filho fora?

— Não diga isso, minha filha!

— Então como vai ser?

— O único jeito é contar tudo pro Maneco. Mais cedo ou mais tarde ele tem de saber.

— Mas ele me mata, mamãe!

D. Henriqueta tremia, e foi sem muita convicção que disse:

— Não mata, não. Teu pai é um homem de bem. Nunca pegou em arma a não ser pra defender sua casa.

— A honra, a honra, a honra! — dizia Ana com voz rouca, agarrando com força os ombros da mãe. — A honra, mãe. Ele vai me matar.

— Não mata, minha filha, não mata.

— E o Antônio? E o Horácio?

— Eles só fazem o que o pai manda.

Ana deixou cair os braços, endireitou o busto, afastou-se um passo. Depois lentamente enxugou as lágrimas com as pontas dos dedos.

— Tenha coragem, minha filha. Vamos contar tudo ao teu pai. Conta-se aos poucos. Não precisas dizer que estás grávida...

Da sombra que a cabana projetava no chão avançou outra sombra. E Maneco Terra falou:

— Não precisa dizer nada. Eu ouvi tudo.

Foi como se Ana tivesse levado uma bordoada na cabeça. Amoleceram-se-lhe as pernas e os braços, o sangue começou a pulsar-lhe nas têmporas e no pescoço com tamanha força que ela ficou estonteada.

— Maneco... — balbuciou d. Henriqueta. E não pôde dizer mais nada.

Ana deixou-se cair, primeiro de joelhos, depois resvalou para um lado, deitando-se sobre a coxa direita, apoiando o busto com o cotovelo fincado no chão. Maneco continuava imóvel onde estava. Antônio e Horácio saíram da cabana e d. Henriqueta, horrorizada, viu quando eles se encaminharam para o fundo do terreiro e começaram a encilhar os cavalos em silêncio. O luar nos campos era doce e calmo.

Agora, deitada no chão, tomada duma invencível canseira, Ana Terra, sem compreender bem o que via, seguia com os olhos os movimentos dos irmãos, que montaram nos seus cavalos e, levando um terceiro a cabresto, seguiram a trote na direção da sanga. Ouviu quando o pai lhes gritou:

— Bem longe daqui...

Henriqueta não reconheceu a voz do marido. Estava de tal modo alterada que ela teve a impressão de que era um estranho que falava. Na mente de Ana soava a voz de Pedro: "Dois hombres... enterraram meu corpo cerca dum árbol. Dois hombres... Dois hombres".

Quis gritar, mas não teve forças. A saliva se lhe engrossara na boca e uma garra parecia comprimir-lhe a garganta. O corpo inteiro tremia, como se ela estivesse atacada de sezões. Estendeu-se no chão de todo o comprimento, sentindo na orelha, no pescoço e nas faces a frialdade da terra.

Maneco Terra fez meia-volta e encaminhou-se lentamente para a cabana. Poucos minutos depois d. Henriqueta seguiu o marido. Ao entrar encontrou-o sentado, encurvado sobre a mesa, com a cabeça metida nos braços, soluçando como uma criança. Estavam casados havia quase trinta anos e aquela era a primeira vez que ela via o marido chorar.

12

Antônio e Horácio voltaram ao clarear do dia. Estavam pálidos e tinham nos olhos tresnoitados uma apagada expressão de horror. Nada disseram ao entrar; ninguém lhes perguntou nada. Estendida no catre, Ana ouviu o ruído dos passos dos irmãos, abriu os olhos e ficou a seguir o movimento de suas sombras que se projetavam no pano que separava seu quarto da divisão maior. Viu quando um deles atirou uma pá no chão. Compreendeu tudo. Numa súbita revolta desejou erguer-se, correr para os irmãos, meter-lhes as unhas na cara, arrancar-lhes os olhos, mas ficou imóvel, sem ânimo para mover-se ou falar.

Estava exausta, com um frio de morte no corpo, um vazio na cabeça. Tudo aquilo lhe parecia um pesadelo, que a luz da lamparina e o frio da madrugada tornavam ainda mais medonho.

D. Henriqueta começou a servir o chimarrão ao marido e aos filhos. A cuia passou de mão em mão, a bomba andou de boca em boca. Mas ninguém falava. Maneco apagou a lamparina, e a luz alaranjada ali dentro da cabana de repente se fez cinzenta e como que mais fria. As sombras desapareceram do pano onde Ana tinha fito o olhar. Ela então ficou vendo apenas o que havia nos seus pensamentos. Seus irmãos tinham levado Pedro para bem longe: três cavalos e três cavaleiros andando na noite. Pedro não dizia nada, não fazia nenhum gesto, não procurava fugir, sabia que era seu destino ser morto e enterrado ao pé duma árvore. Ana imaginou Horácio e Antônio cavando uma sepultura, e o corpo de Pedro estendido no chão ao pé deles, coberto de sangue e sereno. Depois os dois vivos atiraram o morto na cova e o cobriram com terra. Bateram a terra e puseram uma pedra em cima. E Pedro lá ficou no chão frio, sem mortalha, sem cruz, sem oração, como um cachorro pesteado. Agora estava tudo perdido. Seus irmãos eram assassinos. Nunca mais poderia haver paz naquela casa. Nunca mais eles poderiam olhar direito uns para os outros. O segredo horroroso havia de roer para sempre a alma daquela gente. E a lembrança de Pedro ficaria ali no rancho, na estância e nos pensamentos de todos, como uma assombração. Ana pensou então em matar-se. Chegou a pegar o punhal que o índio lhe dera, mas compreendeu logo que não teria coragem de meter aquela lâmina no peito e muito menos na barriga, onde estava a criança. Imaginou a faca trespassando o corpo do filho e teve um estremecimento, levou ambas as mãos espalmadas ao ventre, como para o proteger. Sentiu de súbito uma inesperada, esquisita alegria ao pensar que dentro de suas entranhas havia um ser vivo, e que esse ser era seu filho e filho de Pedro, e que esse pequeno ente havia de um dia crescer... Mas uma nova sensação de desalento gelado a invadiu quando ela imaginou o filho vivendo naquele descampado, ouvindo o vento, tomando chimarrão com os outros num silêncio de pedra, a cara, as mãos, os pés encardidos de terra, a camisa cheirando a sangue de boi (ou sangue de gente?). O filho ia ser como o avô, como os tios. E um dia talvez se voltasse também contra ela. Porque era "filho das macegas", porque não tinha pai. Tremendo de frio Ana Terra puxou as cobertas até o queixo e fechou os olhos.

Quando o sol saiu, os três homens foram trabalhar na lavoura. D. Henriqueta aproximou-se do catre da filha, sentou-se junto dele e começou a acariciar desajeitadamente a cabeça de Ana. Por longo tempo nenhuma das duas falou. Ana continuava de olhos cerrados, reprimindo a custo as lágrimas. Por fim, numa voz sentida, bem como nos tempos de menina quando Horácio ou Antônio lhe puxavam os cabelos e ela vinha queixar-se à mãe, choramingou:

— Mãe, eles mataram o Pedro.

D. Henriqueta limitou-se a olhar a filha com seus olhos tristes, mas não teve coragem de falar. O sofrimento dava-lhe ao rosto uma expressão estúpida. Ela não queria acreditar que os filhos tivessem feito aquilo; mas já agora não restava a menor dúvida.

— Decerto eles só mandaram o Pedro embora... — disse, sem nenhuma convicção.

— Não, não. Eles mataram o Pedro, eu sei... Que vai ser de mim agora?

— Deus é grande, minha filha. Tem coragem.

— Se eu tivesse coragem eu me matava.

— A vida é uma coisa que Deus nos deu e só Ele pode nos tirar.

— Ou então eu ia embora...

— Mas pra onde?

— Pra o Rio Pardo, pra qualquer outra parte...

— Mas fazer o quê?

— Trabalhar, viver a minha vida.

— Com esse filho na barriga?

— Um dia ele nasce.

— E tu vai ter ele na rua ou numa estrebaria, como um animal? Não, minha filha, teu lugar é aqui. Teu pai diz que pra ele tu está morta. Mas eu sou ainda tua mãe. Teu lugar é aqui.

Ana sacudiu a cabeça, obstinadamente. Sabia que sua vida naquela casa dali por diante ia ser um inferno.

— Eles mataram Pedro — repetiu.

D. Henriqueta não respondeu. O mugido duma vaca no curral lembrou-a de que tinha de ir tirar leite, começar o seu dia, seguir sua sina. Soltou um fundo suspiro, puxou para cima uma mecha de cabelo grisalho que lhe caíra sobre a testa, levantou-se, apanhou o balde e saiu. E a própria Ana lembrou-se de que tinha de lavar roupa — a roupa dos homens que haviam assassinado Pedro —, cerzir calças, começar enfim seu dia de trabalho. Levantou-se da cama com grande esforço, de pernas bambas, braços moles, meio estonteada e a ver diante dos olhos manchas escuras. Começou a apanhar as roupas, com gestos automáticos. Por fim encheu o cesto, levou-o à cabeça e também saiu.

E assim as duas mulheres começaram mais um dia. E, quando a noite desceu, encontrou-as a dar comida para os homens, à luz da lamparina fumarenta. E dentro da casa aquela noite só se ouviu a voz do vento, porque ninguém mais falou. Nenhum dos homens sequer olhou para Ana, que só se sentou à mesa depois que eles terminaram de comer.

13

Vieram outros dias e outras noites. E nunca mais o nome de Pedro foi pronunciado naquela estância. O inverno entrou e houve horas, longas horas, em que o minuano arrepelou as macegas e cortou o ar como uma navalha. Vieram as chuvas, que prenderam na cabana os cinco membros da família, que às vezes se reuniam junto do fogo, onde os homens ficavam a falar da lavoura, do gado, do tempo. Para Maneco Terra a filha estava morta e enterrada: não tomava conhecimento de sua presença naquela casa. Antônio e Horácio tratavam Ana com uma aspereza meio constrangida, que lhes vinha duma consciência culpada. Ao lhe dirigirem a palavra, não olhavam para ela de frente, e ficavam desconcertados quando, para lhe evitar os olhos, baixavam a cabeça e davam com o ventre crescido da irmã.

Quando não chovia Ana descia para a sanga. Agora levava duas cargas: a cesta de roupa e o filho, que cada vez lhe pesava mais. Muitas vezes pela manhã seus pés pisavam a geada do caminho. E na água gelada seus dedos ficavam roxos e entanguidos. Durante todo o tempo que passava junto da sanga, a lembrança de Pedro permanecia com ela.

Um dia, olhando o bordado branco que a espuma do sabão fazia na água, teve a sensação de que Pedro nunca tinha existido, e que tudo o que acontecera não passara dum pesadelo. Mas nesse mesmo instante o filho começou a mexer-se em suas entranhas e ela passou a brincar com uma ideia que dali por diante lhe daria a coragem necessária para enfrentar os momentos duros que estavam para vir. Ela trazia Pedro dentro de si. Pedro ia nascer de novo e portanto tudo estava bem e o mundo no fim de contas não era tão mau. Voltou para casa exaltada...

Mas num outro dia foi tomada de profunda melancolia e escondeu-se para chorar. Ficou na frente da casa, olhando o horizonte e esperando que longe surgisse o vulto dum cavaleiro — Pedro voltando para casa; porque ele não tinha morrido: conseguira fugir e agora vinha buscar a mulher e o filho. Um entardecer sentiu o repentino desejo de montar a cavalo e sair pelo campo em busca do cadáver de seu homem: levaria uma pá, revolveria a terra ao redor de todas as árvores solitárias que encontrasse... Mas montar a cavalo no estado em que se encontrava? Loucura. Seu ventre estava cada vez maior. E Ana notava que, quanto mais ele crescia, mais aumentava a irritação dos irmãos. O pai, esse nunca olhava para ela nem lhe dirigia a menor palavra. Comia em silêncio, de olhos baixos, pigarreando de quando em quando, conversando com os filhos ou pedindo uma ou outra coisa à mulher.

Em meados da primavera Antônio mais uma vez foi a Rio Pardo e de lá voltou trazendo mantimentos e artigos que os pais lhe haviam encomendado. Contou que aquele ano os índios tapes tinham atacado os colonos açorianos nas vizinhanças da vila: ele vira algumas lavouras devastadas e muitas cruzes novas no cemitério. Falou também das festas da inauguração da nova Matriz e, depois de muitos rodeios, comunicou ao pai que estava gostando duma moça, filha dum agricultor do município, e que pensava em casar-se com ela.

— Se vosmecê me dá licença... — acrescentou humildemente.

Maneco Terra ficou um instante em silêncio e depois respondeu:

— Está bom. Vamos ver isso depois. Quero tomar informações da moça e da família dela.

E não se falou mais no assunto nos dias que se seguiram.

Findava mais um ano e os pêssegos do pomar já estavam quase maduros quando Ana começou a sentir as primeiras dores do parto. Foi num anoitecer de ar transparente e céu limpo. Ao ouvirem os gemidos da rapariga, os três homens encilharam os cavalos, montaram e se foram, sem dizer para onde. D. Henriqueta viu-os partir e não perguntou nada.

Naquela noite nasceu o filho de Ana Terra. A avó cortou-lhe o cordão umbilical com a velha tesoura de podar. E o sol já estava alto quando os homens voltaram, apearam e vieram tomar mate. Ouviram choro de criança na cabana, mas não perguntaram nada nem foram olhar o recém-nascido.

— É um menino! — disse d. Henriqueta ao marido, sem poder conter um contentamento nervoso.

Maneco pigarreou mas não disse palavra. Quando o pai saiu para fora, Ana ouviu Horácio cochichar para a mãe:

— Ela vai bem?

— Vai indo, graças a Deus — respondeu d. Henriqueta. — Está com os ubres cheios. Tem mais leite que uma vaca — acrescentou com orgulho.

Naquele instante Ana dava de mamar ao filho. Estava serena, duma serenidade de céu despejado, depois duma grande chuva.

Três dias depois já se achava de pé, trabalhando. E sempre que ia lavar roupa levava o filho dentro da cesta, e enquanto batia nas pedras as camisas e calças e vestidos, deixava a criança deitada a seu lado. E cantava para ela velhas cantigas que aprendera quando menina em Sorocaba, cantigas que julgava esquecidas, mas que agora lhe brotavam milagrosamente na memória. E a água corria, e a criança ficava de olhos muito abertos, com a sombra móvel dos ramos a dançar-lhe no rostinho cor de marfim.

Pelos cálculos de Antônio deviam já estar no ano-novo. Uma noite, depois do jantar, Horácio disse:

— Se não me engano, estamos agora no 79.

Maneco Terra suspirou.

— Eu só queria saber que nova desgraça este ano vai nos trazer...

Disse essas palavras e começou a enrolar tristemente um cigarro.

14

Um dia d. Henriqueta sugeriu timidamente ao marido que levasse o neto ao Rio Pardo para que o vigário o batizasse. Maneco pulou furioso:

— No Rio Pardo? Estás louca. Pra todo mundo querer saber quem é o pai da criança? Estás louca. Pra arrastarem meu nome no barro? Estás louca varrida.

— Então o inocente vai ficar pagão?

— O melhor mesmo era ele ter nascido morto — retrucou o velho.

Ana escutou a conversa, serena. Habituara-se de tal modo à situação que já agora nada mais a indignava ou irritava. Um dia havia de aparecer na estância um padre e então batizariam Pedrinho. Se não aparecesse, paciência...

Maneco continuava a ignorar a existência tanto da filha como do neto. Mas Antônio e Horácio tinham abrandado um pouco o tratamento à irmã. Dirigiam-lhe a palavra com mais frequência e menos aspereza, embora continuassem a evitar-lhe o olhar. E d. Henriqueta, que sofria com esse estado de coisas, alimentava a esperança de que com o passar do tempo tudo voltasse a ser como antes. Achava que, quando a criança crescesse e começasse a querer subir para o colo do avô, Maneco acabaria por se entregar ao neto. Era casmurro, teimoso como uma mula, mas tinha bom coração. D. Henriqueta conhecia bem o seu homem, por isso esperava e confiava. E, quando algum desconhecido passava pela estância, descia para tomar um mate e fazia perguntas sobre Ana e o filho — enquanto os homens da casa ficavam num silêncio meio agressivo —, d. Henriqueta apressava-se a explicar:

— Minha filha é viúva. O marido morreu de bexigas, faz meses.

Aquele inverno Maneco Terra foi ao Rio Pardo com um dos filhos e voltou de lá trazendo três escravos de papel passado. Dois deles eram pretos de canela fina, peito largo e braços musculosos; o outro era retaco, de pernas curtas e um jeito de bugio. No dia em que eles chegaram Ana foi até o galpão levar-lhes comida. Antônio — que estava irritado porque o pai, apesar de lhe ter aprovado a escolha da noiva, aconselhara-o a marcar o casamento para dali a um ano — exclamou ao ver a irmã entrar:

— Vê agora se vai dormir também com um desses negros!

Ana estacou de repente no meio da sala, de cabeça alçada, olhos fuzilando, como uma cobra pronta a dar o bote. Olhou firme para o irmão e cuspiu a palavra que havia muito recalcava:

— Assassino!

Antônio ergueu-se num prisco.

— Cobardes! — exclamou Ana, olhando também para os outros homens. — Mataram o Pedro — desabafou ela. — Assassinos!

— Cala essa boca, pelo amor de Deus! — implorou d. Henriqueta.

Antônio estava pálido.

— Tu e o Horácio! — gritava Ana, espumando na comissura dos lábios. — Dois contra um, cobardes!

Horácio estava de cabeça baixa. Antônio deu alguns passos e ergueu a mão para bater na irmã. Mas a mãe se precipitou para ele e se lhe dependurou no braço.

— Não, Antônio! Isso não!

Maneco Terra fumava em silêncio, olhando fixamente para seu prato vazio, como se nada visse nem ouvisse.

— Assassinos! — repetiu Ana. — Todos deviam estar mas era na cadeia com os outros bandidos!

Antônio desembaraçou-se da mãe e correu para fora.

Pedrinho tinha começado a berrar. Ainda arfando, Ana aproximou-se do catre, tomou o filho nos braços, desabotoou o vestido e deu-lhe o peito. A criança acalmou-se em seguida, e por algum tempo no silêncio do rancho o único som que se ouviu foi o dos chupões que ele dava no seio da mãe.

15

Os anos chegavam e se iam. Mas o trabalho fazia Ana esquecer o tempo. No inverno tudo ficava pior: a água gelava nas gamelas que passavam a noite ao relento; pela manhã o chão frequentemente estava branco de geada e houve um agosto em que, quando foi lavar roupa na sanga, Ana teve primeiro de quebrar com uma pedra a superfície gelada da água.

Em certas ocasiões surpreendia-se a esperar que alguma coisa acontecesse e ficava meio aérea, quase feliz, para depois, num desalento, compreender subitamente que para ela a vida estava terminada, pois um dia era a repetição do dia anterior — o dia de amanhã seria igual ao de hoje, assim por muitas semanas, meses e anos até a hora da morte. Seu único consolo era Pedrinho, que ela via crescer, dar os primeiros passos, balbuciar as primeiras palavras. Mas o próprio filho também lhe dava cuidados, incômodos. Quando ele adoecia e não sabia dizer ainda que parte do corpo lhe doía, ela ficava agoniada e, ajudada pela mãe, dava-lhe chás de ervas, e quando a criança gemia à noite ela a ninava, cantando baixinho para não acordar os que dormiam.

De quando em quando chegavam notícias do Rio Pardo pela boca dum passante. Contaram um dia a Maneco Terra que Rafael Pinto Bandeira tinha sido preso, acusado de ter desviado os quintos e direitos da Coroa de Portugal e de ter ficado com as presas apanhadas nos combates de São Martinho e Santa Tecla. Ia ser enviado para o Rio de Janeiro e submetido a conselho de guerra. E o informante acrescentou:

— Tudo são invejas do governador José Marcelino, que é um tirano.

Maneco não disse palavra. Não era homem de conversas. Não se metia com graúdos. O que ele queria era cuidar de sua casa, de sua terra, de sua vida.

De toda a história Ana só compreendeu uma coisa: Rafael Pinto Bandeira fora preso como ladrão. E imediatamente lembrou-se daquele remoto dia de vento em que o comandante, todo faceiro no seu fardamento e no seu chapéu de penacho, lhe dissera de cima do cavalo: "Precisamos de muitas moças bonitas e trabalhadeiras como vosmecê".

Muitos anos mais tarde, Ana Terra costumava sentar-se na frente de sua casa para pensar no passado, e no seu pensamento como que ouvia o vento de outros tempos e sentia o tempo passar, escutava vozes, via caras e lembrava-se de coisas... O ano de 81 trouxera um acontecimento triste para o velho Maneco: Horácio deixara a fazenda, a contragosto do pai, e fora para o Rio Pardo, onde se casara com a filha dum tanoeiro e se estabelecera com uma pequena venda. Em compensação nesse mesmo ano Antônio casou-se com Eulália Moura, filha dum colono açoriano dos arredores do Rio Pardo, e trouxe a mulher para a estância, indo ambos viver no puxado que tinham feito no rancho.

Em 85 uma nuvem de gafanhotos desceu sobre a lavoura deitando a perder toda a colheita. Em 86, quando Pedrinho se aproximava dos oito anos, uma peste atacou o gado e um raio matou um dos escravos.

Foi em 86 mesmo ou no ano seguinte que nasceu Rosa, a primeira filha de Antônio e Eulália? Bom. A verdade era que a criança tinha nascido pouco mais de um ano após o casamento. D. Henriqueta cortara-lhe o cordão umbilical com a mesma tesoura de podar com que separara Pedrinho da mãe.

E era assim que o tempo se arrastava, o sol nascia e se sumia, a lua passava por todas as fases, as estações iam e vinham, deixando sua marca nas árvores, na terra, nas coisas e nas pessoas.

E havia períodos em que Ana perdia a conta dos dias. Mas entre as cenas que nunca mais lhe saíram da memória estavam as da tarde em que d. Henriqueta fora para a cama com uma dor aguda no lado direito, ficara se retorcendo durante horas, vomitando tudo que engolia, gemendo e suando frio. E quando Antônio terminou de encilhar o cavalo para ir até o Rio Pardo buscar recursos, já era tarde demais. A mãe estava morta. Era inverno e ventava. Naquela noite ficaram velando o cadáver de d. Henriqueta. Todos estavam de acordo numa coisa: ela tinha morrido de nó na tripa. Um dos escravos disse que conhecia casos como aquele. Fosse como fosse, estava morta. "Descansou", disse Ana para si mesma, e não teve pena da mãe. O corpo dela ficou estendido em cima duma mesa, enrolado na mortalha que a filha e a nora lhe haviam feito. Em cada canto da mesa ardia uma vela de sebo. Os homens estavam sentados em silêncio. Quem chorava mais era Eulália. Pedrinho, de olhos muito arregalados, olhava ora para a morta ora para as sombras dos vivos que se projetavam nas paredes do rancho. Ana não chorou. Seus olhos ficaram secos e ela estava até alegre, porque sabia que a mãe finalmente tinha deixado de ser escrava. Podia haver outra vida depois da morte, mas também podia não haver. Se houvesse, estava certa de que d. Henriqueta iria para o céu; se não houvesse, tudo ainda estava bem, porque sua mãe ia descansar para sempre. Não teria mais que cozinhar, ficar horas e horas pedalando na roca, em cima do estrado, fiando, suspirando e cantando as cantigas tristes de sua mocidade. Pensando nessas coisas, Ana olhava para o pai, que se achava a seu lado, de cabeça baixa, ombros encurvados, tossindo muito, os olhos riscados de sangue. Não sentia pena dele. Por que havia de ser fingida? Não sentia. Agora ele ia ver o quanto valia a mulher que Deus lhe dera. Agora teria de se apoiar na nora ou nela, Ana, pois precisava de quem lhe fizesse a comida, lavasse a roupa, cuidasse da casa. Precisava, enfim, de alguém a quem pudesse dar ordens, como a uma criada. Henriqueta Terra jazia imóvel sobre a mesa e seu rosto estava tranquilo.

No outro dia pela manhã enterraram-na perto do Lucinho, no alto da coxilha, e sobre o seu túmulo plantaram outra cruz feita com dois galhos de guajuvira. Quando voltaram para casa, soprava o minuano sob um céu limpo e azul. Maneco e Antônio iam na frente, com as pás às costas.

"As mesmas pás que cavaram a sepultura do Pedro", pensou Ana, que descia a encosta puxando o filho pela mão.

À noite, Pedrinho, que dormia abraçado à mãe, apertou-a de leve e cochichou:

— Mãe.

Ana Terra voltou-se para ele, resmungando:

— Que é?

— Está ouvindo?

— Ouvindo o quê?

— Um barulho. Escuta...

Ana abriu os olhos, viu a escuridão e ouviu o ressonar de Maneco.

— É o teu avô roncando — disse.

— Não é, não. É a roca.

Sim, Ana agora ouvia o ruído da roca a rodar, ouvia as batidas do pedal, bem como nos tempos em que sua mãe ali se ficava a fiar e a cantar. Não havia dúvida: era o som da roca. Mas procurou tranquilizar o filho.

— Não é nada. Dorme, Pedrinho.

Ficaram em silêncio. Mas não puderam dormir. Ana escutava o tá-tá-tá da roda, que agora se confundia com as batidas apressadas de seu próprio coração e com as do coração de Pedro, que ela havia apertado contra o peito.

Devia ser a alma de sua mãe que voltava para casa à noite e, enquanto dormiam, punha-se a fiar. Sentiu um calafrio. Quis erguer-se, ir ver, mas não teve coragem.

— É ela, mãe? — sussurrou Pedro.

— Ela quem?

— A vovó.

— Tua avó está enterrada lá em cima da coxilha.

— É a alma dela.

— Não é nada, meu filho. Deve ser o vento.

Em outras madrugadas Ana tornou a ouvir o mesmo ruído. Por fim convenceu-se de que era mesmo a alma da mãe que vinha fiar na calada da noite. Nem mesmo na morte a infeliz se livrara de sua sina de trabalhar, trabalhar, trabalhar...

16

Em princípios de 89 Maneco Terra realizou o grande sonho de sua vida. Foi a Rio Pardo, comprou sementes de trigo e conversou com alguns colonos que o haviam plantado com sucesso e que lhe ensinaram como preparar a terra e semear. Maneco voltou para casa contente. Pela primeira vez em muitos anos Ana viu-o sorrir. Chegou, abraçou Eulália e Antônio, resmungou constrangido uma palavra para a filha e outra para o neto e foi logo contando as novidades. Rafael Pinto Bandeira — ouvira dizer no Rio Pardo — tinha sido absolvido no Rio de Janeiro e voltara de lá com glórias e honrarias. E depois de ter sido durante alguns anos governador do Continente ("Vejam só, um homem que já comeu na minha mesa e apertou a minha mão"), havia casado, na vila do Rio Grande, com uma dama natural da Colônia do Sacramento. Maneco falara também com Horácio e sentira um aperto de coração ao vê-lo atrás dum balcão vendendo cachaça e rapadura aos caboclos vadios da vila.

Durante o mês de junho Maneco e Antônio aprontaram a terra para plantar o trigo. Toda a gente da casa, inclusive Pedrinho, que ia já a caminho dos onze anos, foi para a lavoura. Limparam primeiro o terreno, arrancando as raízes e as ervas. Depois viraram a terra, trabalhando de sol a sol. Quando voltaram ao anoitecer para o rancho, Eulália esperava-os com o jantar pronto: carne de veado, abóbora, mandioca e feijão. Maneco estava excitado e parecia ter rejuvenescido. Fazia contas nos dedos, ficava às vezes absorto nos próprios pensamentos, esquecido da comida que fumegava no prato. Plantaria poucos alqueires, para experimentar a qualidade da terra; e naturalmente continuaria com o milho, a mandioca e o feijão. Se o trigo desse bem, aumentaria o trigal. Com o produto da venda do primeiro trigo colhido poderia comprar mais uma junta de bois, ferramentas e mais escravos. E era preciso arranjar o quanto antes mais uma carreta.

— Uma pena é o Horácio não estar também aqui com a gente — murmurou ele de repente, ao cabo de longo silêncio.

Quando cessaram as primeiras chuvas de inverno — julho devia estar principiando —, começaram a semear. Lançaram as sementes nos sulcos (quanto mais fundo o rego, melhor, sabia ele). Na noite do dia em que se fez a primeira semeadura, Maneco teve um sono agitado. Ana ouviu-o revolver-se na cama e finalmente levantar-se e sair. Ergueu-se também, foi até a porta e olhou para fora. Era uma noite de lua cheia, de ar parado e frio. Avistou o pai, que caminhava para a lavoura. Seguiu-o com os olhos e viu-o ficar olhando longamente a terra, como se o calor de seu olhar pudesse fazer as sementes germinarem. Quando ele se voltou e começou a andar na direção do rancho, Ana tornou a deitar-se.

Uma semana depois, certa manhã, mal o sol havia raiado, Pedrinho entrou em casa todo alvorotado, no momento em que o avô e o tio tomavam chimarrão e as mulheres se preparavam para ir tirar leite no curral.

— Mãe! — gritou ele. — Mãe! O trigo está nascendo!

Maneco Terra largou a cuia sobre a mesa, ergueu-se, rápido, e ficou olhando para o neto. O menino estava transfigurado e havia no seu rosto uma alegria tão radiosa que chegava quase a transformá-lo num foco de luz.

— O trigo já está aparecendo... — disse ele. — Uma coisinha verde. Tão bonita, mãe, tão...

Calou-se, engasgado. Brotaram-lhe lágrimas nos olhos. Maneco e Antônio precipitaram-se para fora e correram para a lavoura. As sementes efetivamente haviam brotado. A terra era boa! O trigo punha a cabeça para fora, procurava o sol!

Nos dias que se seguiram foram aparecendo as folhas. E os talos cresceram. Pedrinho seguia de perto o desenvolvimento das plantas e todos os dias à hora das refeições contava o que havia observado.

Uma tarde, ao voltar da sanga, Ana viu Maneco Terra e o neto conversando animadamente na frente da casa como dois bons amigos. Falavam do trigo. Ela sorriu e entrou em casa de olhos baixos.

17

Depois que as espigas apareceram, sempre que geava os Terras tomavam duma longa corda, Antônio pegava numa ponta e Maneco na outra e começavam a andar de cima a baixo na lavoura, passando a corda sobre as espigas, para limpá-las da geada.

Passaram-se os meses, o inverno acabou e quando entrou o verão Maneco cortou uma espiga, procurou esmagar os grãos entre os dedos e, como encontrasse resistência, concluiu: "Está maduro. Podemos colher". E num dia seco e limpo de fevereiro todos foram para a lavoura com suas foices. Ana surpreendeu-se vendo o pai assobiar. Era um assobio agudo, cuja melodia, confusa e sincopada, tinha o ritmo do trote do cavalo.

Trabalharam como mouros naquele dia e nos que se seguiram. À noite iam para a cama exaustos e muitas vezes Ana estava tão excitada que não conseguia pregar olho. Ficava então acordada, ouvindo o ressonar do filho, que dormia a seu lado, e pensando no dia em que pudesse ir-se embora dali com Pedrinho.

Depois que os feixes de espigas foram amarrados e guardados debaixo duma ramada, Maneco Terra voltou para casa à hora do almoço e, quando Ana lhe serviu o prato de fervido, ele quase sorriu para a filha.

Mas notícias pressagas escureceram aquela alegria. Um tropeiro que passara pela estância, rumo do Rio Pardo, contou-lhes, alarmado, que um grupo de bandidos castelhanos se encaminhava para ali, saqueando estâncias, matando gente, violentando mulheres.

Maneco escutou a notícia num silêncio sombrio. E, quando Antônio lhe perguntou que deviam fazer, respondeu simplesmente:

— Esperar.

O tropeiro se foi, prometendo pedir providências ao comandante da praça do Rio Pardo. Podiam mandar os dragões para enfrentar os bandoleiros. Não era para isso que a Coroa pagava seus oficiais e seus soldados?

Naquela noite Maneco e Antônio ficaram por muito tempo azeitando e carregando as espingardas. E os dois escravos revezaram-se no posto de sentinela no alto duma coxilha, de onde podiam dominar com o olhar léguas em derredor. A noite se passou em calma. No dia seguinte os homens foram para o trabalho e trataram de trazer o gado e os cavalos para mais perto da casa. E, como se passassem outros dias sem novidade, a tensão nervosa dos Terras afrouxou e eles começaram a ter esperanças de que os castelhanos, temendo aproximar-se demais da vila, onde havia forças regulares, tivessem mudado de rumo.

Uma tarde Ana Terra olhou bem para o filho e começou a ver nele traços do pai: os olhos meio oblíquos, as maçãs salientes, o mesmo corte de boca. Pedrinho era um menino triste, gostava de passeios solitários e, agora que completara onze anos, começava a fazer perguntas. Um dia indagou:

— E o meu pai?

— Morreu — disse Ana —, morreu antes de tu nascer.

— É ele que está enterrado lá em cima?

— Não. Uma daquelas cruzes é da sepultura da tua avó. A outra é do teu tio.

— Mas onde foi que enterraram o meu pai?

Antônio, que estava perto e ouvira a pergunta, baixou os olhos e tratou de afastar-se. Ana Terra sentiu uma apertura na garganta, mas respondeu firme:

— Morreu numa guerra, muito longe daqui.

Um dia surpreendeu o menino a brincar com o punhal de prata.

— Posso ficar com esta faca, mãe?

Ela sorriu e sacudiu a cabeça afirmativamente. E Pedro dali por diante começou a riscar com a ponta do punhal os troncos das árvores, fazendo desenhos que surpreendiam a mãe: cavalos, bois, casas, pés de trigo, árvores e até caras de pessoas. Ela olhava e sorria. E consigo mesma dizia: "Bem como o pai. Sabe fazer coisas".

18

Certa manhã, estando Ana e Eulália a fazer pão, ouviram vozes excitadas no galpão e Antônio entrou correndo na cabana seguido de Maneco e dum dos escravos.

— Os castelhanos vêm aí! — gritou ele com voz que a comoção tornava gutural.

Eulália ficou mortalmente pálida, deixou cair a fôrma que tinha na mão. O primeiro pensamento de Ana foi para o filho.

— Pedrinho! — gritou ela.

O rapaz apareceu, Ana abraçou-o e pôs-se a olhar para os lados, aflita, sem saber o que fazer.

Maneco e Antônio apanharam as espingardas e deram um velho mosquete ao escravo.

— Corram pro mato! — ordenou Maneco à filha e à nora. — E levem as crianças. Ligeiro!

Ana ergueu nos braços a filha de Antônio, tomou a mão de Pedro e, fazendo sinal para a cunhada, gritou:

— Vamos!

Saíram. O outro escravo, que estava agachado atrás duma árvore, espiando os castelhanos, gritou para as mulheres:

— Aproveitem que lá de baixo não podem enxergar vosmecês.

— Quantos são? — perguntou Ana sem parar nem voltar a cabeça para o negro.

— Tem mais castelhano que dedo na minha mão — respondeu ele.

— Tome a criança! — disse Ana, passando Rosa para os braços da mãe.

Apertou Pedro contra o peito, beijou-lhe o rosto muitas vezes e disse:

— Leve a tia Eulália pro fundo do mato, lá pr'aquela cova que tu sabes.

Os olhos do menino brilharam.

— Eu estou armado, mãe! — exclamou ele com orgulho, segurando o punhal que trazia à cinta.

Eulália perdera a fala, e o pavor velava-lhe os olhos.

— Agora corram! — gritou Ana. — Corram! Corram!

Pedrinho tomou a mão da tia e puxou-a. Mal havia dado alguns passos, voltou-se:

— Vem, mãe!

Ana acenou-lhe com os braços e gritou:

— Eu vou depois. Mas, aconteça o que acontecer, só saiam quando eu chamar. — Num desespero repetiu: — Só quando eu chamar!

Fez meia-volta e correu para casa, onde Maneco e Antônio combinavam o que deviam fazer quando os castelhanos se aproximassem. Recebê-los à bala? Era loucura. Estavam em número muito inferior e não poderiam resistir nem durante meia hora...

Ao verem Ana entrar, interromperam a conversa, e foi com uma irritação nervosa que o velho perguntou:

— Por que não foi pro mato?

Ana não respondeu.

— Corra, Ana! — exclamou Antônio, agarrando o braço da irmã e tentando arrastá-la para fora. Mas ela resistiu, desvencilhou-se dele e disse:

— Se eu me escondo eles nos procuram no mato, porque logo vão ver pelas roupas do baú que tem mulher em casa. Se eu fico, eles pensam que sou a única e assim a Eulália e as crianças se salvam.

— E vosmecê sabe o que pode le acontecer? — perguntou-lhe o pai.

Ana sacudiu lentamente a cabeça. Maneco encolheu os ombros e deixou escapar um suspiro.

Combinaram tudo. Antônio sairia para se entender com os castelhanos enquanto os outros ficariam dentro de casa, preparados para tudo. Se os bandidos quisessem apenas saquear a estância, respeitando a vida das pessoas, ainda estaria tudo bem. Era só apear e começar a pilhagem... (E ao decidir isso Maneco pensava com dor no coração no seu rico trigo, que lá estava debaixo da ramada.) Mas se aqueles renegados não quisessem respeitar nem as pessoas, o remédio era resistir e morrer como homem, de arma na mão.

Antônio apanhou a espingarda e saiu. Maneco também tomou da sua arma e foi colocar-se junto duma das janelas. Suas mãos tremiam e a sua respiração era um sopro forte, como a dum touro. O escravo, que empunhava também arma de fogo, estava acocorado no chão, perto da porta, e tremia tanto que Ana temeu que lá de fora pudessem ouvir-lhe o bater dos dentes; e pela sua cara, dum negro meio azulado, o suor escorria em grossas bagas. Enquanto isso, o escravo que estava desarmado segurava a cabeça com ambas as mãos e chorava um choro solto e convulsivo.

Automaticamente Ana começou a rezar. Seus olhos ergueram-se para o crucifixo, postaram-se no Cristo de nariz carcomido. Padre nosso que estais no céu, santificado seja o Vosso nome... O coração batia-lhe com uma força surda. O tropel se aproximava e ela ouviu, vindo lá de fora, o resfolgar dos cavalos, o tinir de espadas. Depois, um silêncio.

Uma voz rouca perguntou:

— Donde están los otros?

Ana mal reconheceu a voz do irmão quando ele respondeu, meio engasgado:

— Dentro de casa.

— Que salgan! Bamos!

— Vosmecê pode me dizer... — começou Antônio.

— Perro súcio!

Ouviu-se um estampido lá fora. E em seguida Maneco disparou o mosquete. Pelo vão da porta o escravo atirou também. Ana rojou-se ao chão, de todo o comprimento, colou-se à terra, enquanto outros estrondos fendiam o ar e as balas esburacavam as paredes do rancho. De olhos fechados, Ana ouvia os gritos e os tiros, sentia cair-lhe poeira sobre o corpo, enterrava com desespero as unhas no chão. "Santa Maria Mãe de Deus", pensava ela, "rogai por nós pecadores..." Da boca entreaberta saía-lhe com a respiração uma baba visguenta. De repente ela viu, mais com os ouvidos que com os olhos, que a parede da frente vinha abaixo. Um dos bandidos entrava no rancho a cavalo, distribuindo golpes de espada a torto e a direito. Ana sentiu tão perto o resfolgar do animal que escondeu a cabeça nas mãos e esperou agoniada que patas lhe esmagassem o crânio ou que espadas lhe varassem o corpo.

A gritaria continuava. Mãos fortes agarraram Ana Terra no ar e puseram-na de pé. A mulher abriu os olhos: cresceram para ela faces tostadas, barbudas, lavadas em suor.

— Mira que guapa!

Um dos homens apertou-lhe os seios. E depois Ana viu uma cara de beiços carnudos, com dentes grandes e amarelados — e esses beiços, que cheiravam a cachaça e sarro de cigarro, se colaram brutalmente aos seus num beijo que foi quase uma mordida. Ana cuspiu com nojo e os homens desataram a rir.

Um suor gelado escorria-lhe pela testa, entrava-lhe nos olhos, fazendo-os arder e aumentando-lhe a confusão do que via: o pai e o irmão ensanguentados, caídos no chão, e aqueles bandidos que gritavam, entravam no rancho, quebravam móveis, arrastavam a arca, remexiam nas roupas, derrubavam a pontapés e golpes de facão as paredes que ainda estavam de pé. Mas não lhe deram tempo para olhar melhor. Começaram a sacudi-la e a perguntar:

— Donde está la plata?

La plata... la plata... la plata... Ana estava estonteada. Alguém lhe perguntava alguma coisa. Dois olhos sujos e riscados de sangue se aproximaram dos dela. Mãos lhe apertavam os braços. Donde está? Donde está? La plata, la plata... Ela sacudia a cabeça freneticamente, e a cabeça lhe doía, latejava, doía... La plata... la plata... Braços enlaçaram-lhe a cintura, e Ana sentiu contra as costas, as nádegas, as coxas, o corpo duro dum homem; e lábios úmidos e mornos se lhe colaram na nuca, desceram em beijos chupados pelo cogote, ao mesmo tempo que mãos lhe rasgavam o vestido.

La plata... la plata... E Ana começou a andar à roda, de braço em braço, de homem em homem, de boca em boca.

— Bamos, date prisa, hombre.

Tombaram-na, e mãos fortes que lhe faziam pressão nos ombros, nos pulsos, nos quadris e nos joelhos imobilizaram--na contra o solo. Ana começou a mover a cabeça dum lado para outro, com uma força e uma rapidez que a deixavam ainda mais estonteada.

— Capitán! Usted primero!

Ana sentiu que lhe erguiam o vestido. Abriu a boca e preparou-se para morder a primeira cara que se aproximasse da sua. Um homem caiu sobre ela. Num relâmpago Ana pensou em Pedro, um rechinar de cigarra atravessou-lhe a mente e entrou-lhe, agudo e sólido, pelas entranhas. Ela soltou um grito, fez um esforço para se erguer, mas não conseguiu. O homem resfolgava, o suor de seu rosto pingava no de Ana, que lhe cuspia nas faces, procurando ao mesmo tempo mordê-lo. (Por que Deus não me mata?) Veio outro homem. E outro. E outro. E ainda outro. Ana já não resistia mais. Tinha a impressão de que lhe metiam adagas no ventre. Por fim perdeu os sentidos.

19

Quando voltou a si, o sol estava a pino. Ergueu-se, devagarinho, estonteada, com um peso na cabeça, uma dor nos rins. Olhou em torno e de repente lembrou-se de tudo. No primeiro momento teve a sensação de estar irremediavelmente suja, desejou um banho e ao mesmo tempo quis morrer. Tinha ainda nas narinas o cheiro daqueles homens nojentos. Levantou-se lentamente, gemendo. Àquela hora o clarão do sol tinha uma intensidade que fazia mal aos olhos.

Não havia sombras sobre a terra e o silêncio em torno era enorme. Ana olhou para a ramada: os bandidos haviam levado todo o trigo e as carretas. O rancho estava completamente destruído. E de súbito, num choque, ela deu com os cadáveres... Lá estava o velho Maneco todo coberto de sangue, caído de costas: uma bala abrira-lhe um rombo na testa. A poucos passos dele, caído de borco, Antônio tinha a cara metida numa poça de lama sangrenta. Mais além, um dos escravos com a cabeça separada do corpo. Por um momento Ana sentiu uma náusea, um novo desfalecimento. Que fazer? Que fazer? Que fazer? Não atinava com coisa alguma. Julgou que ia enlouquecer. Não conseguia nem pensar direito. De olhos fechados ali ficou por muito tempo, sob o olho do sol, apertando a cabeça com as mãos.

Foi então que, de súbito, lembrando-se de Pedrinho, precipitou-se coxilha abaixo na direção da sanga. Ia de pernas moles, passos incertos, chorando e gemendo, e a cada passo uma agulhada como que lhe trespassava os rins. Ana sentia sede, mas ao mesmo tempo sabia que se botasse alguma coisa no estômago imediatamente vomitaria. Porque não podia tirar do pensamento a imagem dos mortos, e ainda sentia o cheiro daqueles homens imundos. Um banho, um banho... Pensando nisso, corria. De repente afrouxaram-se-lhe as pernas e ela caiu de cara no chão e ali ficou ofegante por algum tempo. Depois, fez um esforço, tornou a erguer-se e continuou a correr. Avistou a corticeira... E à medida que se aproximava dela um novo horror lhe ia tomando conta do espírito. E se lá embaixo à beira do mato encontrasse o filho, a cunhada e a sobrinha mortos também? E então começou a desejar não chegar nunca, mas apesar disso corria sempre. Finalmente chegou à sanga. "Pedro! Pedro! Pedro!", gritou. Mas ela não chamava o filho. Chamava o pai de seu filho, como se ele pudesse ouvi-la e vir socorrê-la. Era melhor morrer, morrer duma vez, decidiu de repente. Lembrou-se dos homens que se haviam cevado no seu corpo, e sem pensar, num assomo de desespero, atirou-se no poço. A água ali cobria um homem alto. Ana deixou-se ir ao fundo, mas instintivamente fechou a boca, apertou os lábios, começou a bracejar, veio à tona e por fim agarrou-se numa pedra; arquejante, encostou o rosto nela e ficou olhando estupidamente para um pequeno inseto verde que lhe pousara na mão. Saiu de dentro d'água, atirou-se no chão e ali permaneceu — por quanto tempo? — com a cabeça escondida nas mãos, tratando de pôr ordem nos pensamentos, para não ficar louca. Levantou-se e caminhou para o mato.

— Pedrinho! — gritou. — Pedrinho!

Ficou escutando. Sua voz morreu por entre as árvores. Nenhuma resposta.

— Eulália! Eulália! — tornou a gritar.

Nada.

— Pedrinho! Sou eu... a mamãe!

E então, de repente, por trás duns arbustos apareceu uma cabeça.

— Meu filho!

O rapaz correu para a mãe e atirou-se nos braços dela. Eulália também surgiu, lívida, com a filha adormecida no colo. E Ana ficou olhando para a cunhada com olhos estúpidos, querendo contar tudo, mas sem coragem de dizer uma palavra. Quedaram-se por longo tempo a olhar uma para a outra, num silêncio imbecil.

— Que foi que aconteceu, mãe? — perguntou Pedro.

Ana não respondeu. O rapaz tornou a perguntar:

— Os bandidos já foram? Onde está o vovô? Onde está o titio?

Ana olhava sempre para a cunhada. Os olhos de Eulália continham uma pergunta ansiosa e ao mesmo tempo já refletiam o horror da resposta que ela sabia que ia ouvir. Ana finalmente recobrou a voz, e foi com frieza, quase com alegria, que disse:

— Estão todos mortos.

Fez meia-volta e, puxando o filho pela mão, começou a subir a coxilha na direção da casa, sem voltar a cabeça para trás.

E durante toda aquela tarde as duas mulheres e o menino ficaram a enterrar seus mortos. Eulália pouco ou nada pôde fazer, pois estava tomada duma crise nervosa, e o pior — achava Ana — é que a coitada não conseguia chorar: soluços secos sacudiam-lhe o corpo, e havia momentos em que ela ficava apenas a olhar fixamente para o chão, o rosto vazio de expressão, a boca semiaberta, os braços caídos, os olhos vidrados.

Ana auscultou o coração do pai: já não pulsava mais; fechou-lhe os olhos sem emoção e depois foi encostar o ouvido no peito de Antônio, cujo coração também cessara de bater. Era preciso enterrá-los antes que caísse a noite. Enrolou-os nas estopas que serviam de repartição na casa, tomou da pá e começou a cavar as sepulturas. Quando ela cansava, Pedro revezava-a no trabalho. Antes do anoitecer os quatro mortos estavam enterrados, mas Ana, Eulália e Pedrinho não saberiam mais dizer em qual daquelas sepulturas sem nomes nem cruzes estava o corpo de Maneco ou o de Antônio. Mas que importava? O principal é que tinham sido enterrados, não ficariam ali para servir de pasto aos urubus.

Chegou a noite — uma noite morna, de ar parado —, e as duas mulheres atiraram-se no chão, extenuadas. Eulália então apertou a filha contra o peito e desatou o pranto. Ana não disse nem fez nada, mas estava contente por ver a cunhada finalmente botar para fora aquele choro que a engasgava. Só fechou os olhos quando, cessados os soluços, viu a outra adormecer. Ana Terra dormiu um sono atormentado de febre, acordou no meio da noite e a primeira coisa que viu foram as quatro sepulturas sob o luar. Ergueu-se e caminhou na direção da cabana. Lembrava-se agora de que o pai, ao saber da aproximação dos bandidos, enterrara todo o dinheiro que havia em casa. Tomou da pá e começou a cavar a terra bem no lugar onde estivera uma das camas. Encontrou o cofre de madeira com algumas onças e muitos patacões. Tomou-o nos braços, como quem segura uma criança recém-nascida, e ficou parada, ali no meio das ruínas do rancho, olhando para os móveis quebrados que estavam espalhados a seu redor. De repente avistou, intata sobre o pequeno estrado, a roca de d. Henriqueta. "Ainda bem que a mamãe está morta", pensou.

Havia uma imensa paz naqueles campos. Mas Ana começou a temer o novo dia que em breve ia raiar. Que fazer agora? Para onde ir? Não era possível ficarem sozinhas naquele descampado. Pensou em Horácio... Não. Não tinha coragem de ir para o Rio Pardo: o irmão podia envergonhar-se dela. O melhor era procurar outro sítio.

Pensou também no que iam comer. Não tinha ficado nada em casa. Os bandidos haviam levado o gado, as ovelhas, as vacas leiteiras e até as mantas de charque e as linguiças que pendiam do varal, por cima do fogão.

Ana respirou fundo e teve um estremecimento desagradável: tinha ainda nas narinas o cheiro dos castelhanos... (La plata! Donde está la plata? La plata!)

Longe no mato cantou um urutau. Ana Terra voltou para perto de Pedrinho, sentou-se em cima do cofre e ficou a contemplar o filho, que dormia. Estava ainda acordada quando o primeiro sol dourou o rosto do menino.

20

Mal raiou o dia, Ana ouviu um longo mugido. Teve um estremecimento, voltou a cabeça para todos os lados, procurando, e finalmente avistou uma das vacas leiteiras da estância, que subia a coxilha na direção do rancho. A Mimosa! — reconheceu. Correu ao encontro da vaca, enlaçou-lhe o pescoço com os braços, ficou por algum tempo a sentir contra o rosto o calor bom do animal e a acariciar-lhe o pelo do pescoço. "Leite pras crianças", pensou. O dia afinal de contas começava bem. Apanhou do meio dos destroços do rancho um balde amassado, acocorou-se ao pé da vaca e começou a ordenhá-la. E assim, quando Eulália, Pedrinho e Rosa acordaram, Ana pôde oferecer a cada um deles um caneco de leite.

— Sabe quem voltou, meu filho? A Mimosa.

O menino olhou para o animal com olhos alegres.

— Fugiu dos bandidos! — exclamou ele.

Bebeu o leite morno, aproximou-se da vaca e passou-lhe a mão pelo lombo, dizendo:

— Mimosa... Mimosa valente...

O animal parecia olhar com seu olhos remelentos e tristonhos para as sepulturas. Pedro então perguntou:

— E as cruzes, mãe?

— É verdade. Precisamos fazer umas cruzes.

Com pedaços de taquara amarrados com cipós, mãe e filho fizeram quatro cruzes, que cravaram nas quatro sepulturas. Enquanto faziam isso, Eulália, que desde o despertar não dissera uma única palavra, continuava sentada no chão a embalar a filha nos braços, os olhos voltados fixamente para as bandas do Rio Pardo.

No momento em que cravava a última cruz, Ana teve uma dúvida que a deixou apreensiva. Só agora lhe ocorria que não tinha escutado o coração dum dos escravos. O mais magro deles estava com a cabeça decepada — isso ela não podia esquecer... Mas e o outro? Ela estava tão cansada, tão tonta e confusa que nem tivera a ideia de verificar se o pobre do negro estava morto ou não. Tinham empurrado o corpo para dentro da cova e atirado terra em cima... Ana olhava, sombria, para as sepulturas. Fosse como fosse, agora era tarde demais. "Deus me perdoe", murmurou ela. E não se preocupou mais com aquilo, pois tinha muitas outras coisas em que pensar.

Começou a catar em meio dos destroços do rancho as coisas que os castelhanos haviam deixado intatas: a roca, o crucifixo, a tesoura grande de podar — que servira para cortar o umbigo de Pedrinho e de Rosa —, algumas roupas e dois pratos de pedra. Amontoou tudo isso e mais o cofre em cima dum cobertor e fez uma trouxa.

Naquele dia alimentaram-se de pêssegos e dos lambaris que Pedrinho pescou no poço. E mais uma noite desceu — clara, morna, pontilhada de vaga-lumes e dos gemidos dos urutaus.

Pela madrugada Ana acordou e ouviu o choro da cunhada. Aproximou-se dela e tocou-lhe o ombro com a ponta dos dedos.

— Não há de ser nada, Eulália...

Parada junto de Pedro e Rosa, com um vaga-lume pousado a luciluzir entre os chifres, a vaca parecia velar o sono das duas crianças, como um anjo da guarda.

— Que vai ser de nós agora? — choramingou Eulália.

— Vamos embora daqui.

— Mas para onde?

— Pra qualquer lugar. O mundo é grande.

Ana sentia-se animada, com vontade de viver. Sabia que, por piores que fossem as coisas que estavam por vir, não podiam ser tão horríveis como as que já tinha sofrido. Esse pensamento dava-lhe uma grande coragem. E ali deitada no chão, a olhar para as estrelas, ela se sentia agora tomada por uma resignação que chegava quase a ser indiferença. Tinha dentro de si uma espécie de vazio: sabia que nunca mais teria vontade de rir nem de chorar. Queria viver, isso queria, e em grande parte por causa de Pedrinho, que afinal de contas não tinha pedido a ninguém para vir ao mundo. Mas queria viver também de raiva, de birra. A sorte andava sempre virada contra ela. Pois Ana estava agora decidida a contrariar o destino. Ficara louca de pesar no dia em que deixara Sorocaba para vir morar no Continente. Vezes sem conta tinha chorado de tristeza e de saudade naqueles cafundós. Vivia com o medo no coração, sem nenhuma esperança de dias melhores, sem a menor alegria, trabalhando como uma negra, e passando frio e desconforto... Tudo isso por quê? Porque era a sua sina. Mas uma pessoa pode lutar contra a sorte que tem. Pode e deve. E agora ela tinha enterrado o pai e o irmão e ali estava, sem casa, sem amigos, sem ilusões, sem nada, mas teimando em viver. Sim, era pura teimosia. Chamava-se Ana Terra. Tinha herdado do pai o gênio de mula.

Soergueu o busto, olhou as coxilhas em torno e avistou um fogo, muito longe, na direção do nascente.

"Boitatá", pensou. E lembrou-se imediatamente da noite de verão em que Pedro Missioneiro, acocorado na frente do rancho, lhes contara a história da teiniaguá. O fogo que ela via agora parecia uma estrela caída, graúda e amarelona. E como ela não se apagasse, Ana concluiu que devia ser o fogão dum acampamento. Soldados? Ao pensar nisso tornou a sentir o cheiro dos castelhanos, e a lembrança de homem lhe trouxe de novo uma sensação de repulsa e de ódio. Mas podia bem ser o acampamento dum carreteiro, e nesse caso a carreta podia passar por ali no dia seguinte. Ana Terra começou a sentir no corpo o calor duma esperança nova. Iam ver gente, talvez gente de bem, algum tropeiro continentino que vinha da vila do Rio Pardo... Tornou a deitar-se, mas continuou a olhar para o fogo. Pouco a pouco o sono começou a pesar-lhe nas pálpebras. Ana cerrou os olhos, dormiu e sonhou que andava numa carreta, muito devagar, e ia para Rio Pardo, cidade que ficava muito longe, e todo o tempo da viagem ela chorava, porque Pedrolucinho tinha ficado sepultado no alto duma coxilha: ela mesma o enterrara vivo, só porque o coitadinho não era bem branco; e por isso agora chorava, enquanto as rodas da carreta chiavam e o carreteiro gritava: Ooche, boi! Ooche, boi!

21

Na manhã seguinte o sol já estava alto quando as mulheres viram aproximar-se duas carretas, conduzidas por três homens a cavalo. Um deles esporeou o animal e precipitou-o a galope coxilha acima, estacando ao chegar perto de Ana e Eulália.

— Buenas! — disse, batendo com o dedo na aba do chapéu. Olhou em torno, viu o rancho destruído, as sepulturas, tornou a encarar as mulheres e perguntou: — Mas que foi que aconteceu por aqui, ainda que mal pergunte?

Ana contou-lhe tudo. O desconhecido escutou num silêncio soturno e, quando a mulher terminou a narrativa, ele cuspinhou e disse por entre os dentes:

— Castelhanada do inferno!

Apeou e, segurando a rédea do animal, aproximou-se das mulheres, estendeu-lhes uma mão áspera e frouxa e disse:

— Marciano Bezerra, criado de vosmecês.

Em breve as carretas e os outros dois homens chegavam ao topo da coxilha, e Marciano repetiu aos companheiros o que ouvira de Ana. De dentro das carretas caras espantadas olhavam. Havia três mulheres moças, quatro crianças e uma velha de rosto tão enrugado e cor de ocre que lembrou a Ana um origone.

As mulheres desceram das carretas e ficaram a olhar para Ana e Eulália, como se estas fossem bichos raros.

— Pr'onde é que vão? — perguntou Ana a um dos homens.

Marciano Bezerra apressou-se a esclarecer:

— Vamos subir a serra. Já ouviu falar no coronel Ricardo Amaral?

— Não — respondeu Ana.

— É o estancieiro mais rico da zona missioneira. É tio-avô da minha mulher. Consegui umas terrinhas perto dos campos dele. Diz que há outras famílias por lá. O velho parece que quer fundar um povoado.

— Um povoado? — perguntou Ana, meio vaga.

O homem sacudiu afirmativamente a cabeça.

— É muito longe daqui?

— Bastantinho — disse Marciano, picando fumo para um cigarro e olhando o horizonte com os olhos apertados.

Ana pensou no cofre. Tinha o suficiente para pagar àquela gente pelo transporte e ainda lhe sobraria dinheiro para comprar alguns alqueires de terra. Podiam principiar a vida de novo. Chamou Eulália à parte.

— E se a gente fosse com eles?

— Pra onde?

— Pra esse lugar.

— Onde é que fica?

— Pras bandas do norte, subindo a serra.

— E nós deixamos... isto aqui?

Ana sacudiu a cabeça lentamente. Não poderiam mais continuar vivendo sozinhas naquele descampado.

— Quem sabe vosmecê quer ir pro Rio Pardo? — perguntou ela, encarando a cunhada. O rosto de Eulália, descarnado e amarelento, era o duma pessoa doente e já sem vontade.

— Não tenho mais ninguém de meu no Rio Pardo — suspirou ela.

— Vamos então com esta gente?

Eulália sacudiu os ombros magros. — Que me importa?

Naquele instante Pedrinho brincava com o perdigueiro que acompanhava os carreteiros; o cachorro sacudia o rabo e lambia as mãos do menino.

Sempre num silêncio meio assustado, as mulheres e as crianças tornaram a voltar para as carretas.

— Seu Marciano! — chamou Ana Terra.

O homem aproximou-se, com o cigarro apertado entre os dentes.

— Pronto, dona.

— Nós queremos ir com vosmecês...

Por alguns instantes o carreteiro ficou em silêncio, o ar indeciso.

— Temos dinheiro pra le pagar — acrescentou Ana.

— Quem foi que falou em dinheiro, moça?

— Mas vosmecê parece que não gostou...

— Não é o causo de gostar ou não gostar. Esta viagem não é brincadeira.

— Eu sei.

— Podemos levar uns dois mês... ou mais.

— Eu sei.

— E que é que vão fazer chegando lá?

— Vosmecê não disse que esse seu parente ia fundar um povoado?

— Pois é, disse.

— Então, acho que podemos ficar morando lá.

— Isso é.

Marciano fez meia-volta, foi confabular com os dois outros homens e depois voltou:

— Pois então vamos, não é? — E acrescentou: — De qualquer modo, não é direito deixar vosmecês atiradas aqui sozinhas.

Ana pôs a trouxa às costas e subiu com Pedro para dentro duma das carretas, ao mesmo passo que Eulália e a filha se aboletavam na outra.

Puseram-se a caminho. Marciano picou um dos bois, gritando: "Vamos, boi osco!". As rodas rechinaram. Ana Terra estava na frente duma mulher de rosto amarelado e triste que, com seus seios murchos, amamentava uma criança de poucos meses. Num canto da carreta a velha com cara de origone mirava-a com o rabo dos olhos.

E assim Ana Terra viu ir ficando para trás a estância do pai. Por algum tempo avistou as ruínas do rancho, as quatro cruzes perto dele e, mais longe, no alto de outra coxilha, a sepultura da mãe e a do irmão mais moço. Seis cruzes... Lançou um olhar de despedida para a lavoura de trigo e depois ficou olhando para o focinho tristonho de Mimosa, que seguia a carreta no seu passo lerdo, com fios de baba a escorrer-lhe, dourados de sol, da boca úmida e negra.

Seis cruzes...

Ao anoitecer acamparam perto dum capão, fizeram fogo e uma das mulheres cozinhou. Comeram em silêncio e ninguém falou nas coisas que tinham ficado para trás. No dia seguinte antes de o sol raiar, retomaram a marcha. E o novo dia foi longo e mormacento; e a noite caiu abafada, sem a menor viração. E vieram outros dias e outras noites, e houve momentos em que até em sonhos Ana Terra continuava a viajar, ouvia o chiar das rodas, os gritos dos homens. E assim cortaram campos, atravessaram banhados, passaram rios a vau. E vieram chuvas e tempestades, de novo o céu ficou limpo e o sol tornou a brilhar. Aquela viagem parecia não ter mais fim. Uma tarde avistaram a serra. Três dias depois a subida começou. Em muitas noites Ana ouviu o choro de Eulália junto de seu ouvido.

— Eu queria mas era estar morta — murmurou ela um anoitecer.

Ana pensou em fazer um gesto amigo, estender a mão e acariciar a cabeça da cunhada. Mas não o fez. Ficou imóvel e disse apenas:

— Não há de ser nada. Deus é grande.

E em pensamento completou a frase: "Mas a serra é maior".

No outro dia continuaram a subir. Quando a rampa era forte demais, as mulheres e as crianças tinham de descer, e todos punham-se a empurrar as rodas das carretas.

Quanto tempo já fazia que estavam viajando? Ana tinha perdido a conta dos dias. Seguiam a trilha das outras carretas, entravam em picadas, embrenhavam-se no mato, desciam e subiam montes... Numa certa altura da viagem, uma das filhas de Marciano — a mais moça de todas — começou a tossir uma tosse rouca e a chorar. Ana embebeu um pano em cachaça e amarrou-o ao redor do pescoço da criança. Mas a tosse continuou e havia momentos em que a coitadinha parecia prestes a morrer asfixiada.

E a carreta andava, lenta, aos solavancos. Mimosa, cada vez mais magra, seguia a caravana com seus olhos tristes, os úberes secos. E um dia, numa volta do caminho, sem que ninguém soubesse por quê, ficou para trás e desapareceu. Pedro notou-lhe a falta, mas não disse nada.

Ao anoitecer, quando a carreta parou à beira duma lagoa, alguém soltou um grito. Ana pulou de seu canto e foi ver o que era. A mulher de Marciano Bezerra sacudia a filha nos braços e exclamava:

— Minha filha! Minha filha!

Ana arrebatou-lhe a criança e trouxe-a para perto do fogo. O rosto da criaturinha estava completamente arroxeado, seus olhos, muito arregalados, pareciam querer saltar das órbitas, o coraçãozinho não batia mais.

Enterraram a menina à beira da lagoa. A muito custo conseguiram arrancar a mãe de junto da sepultura e levá-la para a carreta. A velha com cara de origone estava muito quieta no seu canto, de olhos secos e boca apertada. Quando retomaram a marcha, ela olhou para Ana e falou:

— Eu bem disse. Trazer criança numa viagem destas é coisa de gente louca. — Encolheu os ombros. — Mas acham que a velha está caduca. — Suspirou. — Eu devia ter morrido também pra ficar enterrada perto da minha neta. Assim a criança não ficava sozinha.

Ficou depois a resmungar palavras que Ana não entendeu.

Marciano Bezerra seguia soturno no seu cavalo, ao lado da carreta, com a aba do chapéu puxada sobre os olhos. E, nos muitos dias que se seguiram, quase não falou. Chupava seu chimarrão em silêncio, e de quando em quando suspirava. Dali por diante ninguém mais mencionou o nome da criança morta.

Continuaram subindo a serra. O calor diminuíra, o vento agora era fresco e de manhãzinha e à noite fazia frio. Um dia atravessaram um tremedal e todos tiveram de descer das carretas para empurrar-lhes as rodas, com barro até meia canela. Marciano picava os bois, incitava-os com gritos. O suor escorria-lhe pela cara trigueira, e num dado momento, soltando um suspiro de impaciência, ele exclamou:

— Quando urubu anda sem sorte até nas lajes se atola.

Mas Pedrinho divertia-se à sua maneira quieta e meio silenciosa. Para ele a viagem era uma aventura. Fizera boa camaradagem com as meninas e já agora trocava com elas histórias e risadas.

Pelas manhãs as carretas viajavam através da cerração, e Ana temia que os bois resvalassem e caíssem todos naqueles precipícios medonhos. Não queria mais morrer. Viver era bom: ela desejava viver, para ver o filho crescer, para conhecer os filhos de seu filho e, se Deus ajudasse, talvez os netos de Pedrinho. Mas, se tivessem de morrer, era melhor que morressem todos juntos. E seus olhos ficavam postos na estrada, que a névoa velava: e ela mal podia ver o lento lombo dos bois que puxavam a carreta. Aos poucos, porém, à medida que a manhã passava, a névoa ia ficando mais clara, mais clara até que se sumia de todo, o céu azulava, o sol aparecia e lá estava um novo dia — quente e comprido e arrastado como os outros.

Uma tarde avistaram um rio.

— O Jacuí — disse Marciano. E pela primeira vez Ana viu no rosto dele algo que se parecia com um sorriso.

Aproximaram-se das margens, acamparam, e ali ficaram muitos dias, porque o Jacuí não dava vau, e os homens tiveram de fazer uma balsa. Foram para o mato com seus machados e começaram a derrubar árvores, a cortar galhos e cipós. Ana ajudou-os nesse trabalho, que para ela era um divertimento, porque trabalhando ela não pensava, e não pensando afugentava as lembranças tristes. Eulália auxiliava as outras mulheres a preparar a comida e a cuidar das crianças.

Pedrinho estava encantado. Nunca vira um rio tão grande como aquele. Era maior, muito maior que a sanga da estância e devia ter peixes enormes. Marciano emprestou-lhe linha e anzol e o rapaz ficou uma tarde inteira a pescar e soltou gritos de triunfo ao tirar da água um grande peixe dourado.

Finalmente a balsa ficou pronta e as carretas atravessaram em duas viagens aquele rio de águas barrentas. Na outra margem três antas bebiam água, mas, à aproximação da balsa, fugiram e meteram-se num mato próximo.

— Agora estamos mais perto — disse um dos homens, olhando para o norte.

E as carretas retomaram a marcha. E, quando Ana já pensava que nunca mais haviam de chegar, Marciano uma tarde fez parar o cavalo junto dum copado umbu e gritou:

— Estamos entrando nos campos do velho Amaral!

Três dias depois chegavam ao alto duma coxilha verde onde se erguiam uns cinco ranchos de taipa cobertos de santa-fé. Marciano Bezerra soltou um suspiro e disse:

— Chegamos.

Os homens ajudaram a velha a descer da carreta. Quando pôs o pé em terra ela olhou em torno, viu as campinas desertas, aproximou-se de Ana e cochichou-lhe:

— Toda essa trabalheira louca só pra chegar nesta tapera?

Ana Terra sacudiu a cabeça lentamente, concordando, pois tivera o mesmo pensamento.

22

Aquele agrupamento de ranchos ficava à beira duma estrada antiga, por onde em outros tempos passavam os índios missioneiros que os jesuítas mandavam buscar erva-mate em Botucaraí. Por ali transitavam também, de raro em raro, pedindo pouso e comida, viajantes que vinham das bandas de São Martinho ou dos campos de baixo da serra.

Desde o primeiro dia Ana Terra começou a ouvir falar no coronel Ricardo Amaral, dono dos campos em derredor, senhor de dezenas de léguas de sesmarias e muitos milhares de cabeças de gado, além duma charqueada e de vastas lavouras. Contava-se que o coronel Amaral nascera em Laguna e viera, ainda muito moço, para o Continente com paulistas que negociavam com mulas. Chegou, gostou e ficou. Sentou praça no exército da Coroa e em 1756 tomou parte na batalha do monte Caibaté, em que as forças portuguesas e espanholas aniquilaram o exército índio dos Sete Povos das Missões. Contava-se até que fora Ricardo Amaral quem numa escaramuça derrubara com um pontaço de lança o famoso alferes real Sepé Tiaraju, a respeito do qual corriam tantas lendas. Dizia-se que esse guerreiro índio tinha na testa, como sinal divino, um lunar luminoso, e os crentes afirmavam que depois de morto ele subira ao céu como um santo. Pelo Continente corriam de boca em boca lindos versos cantando as proezas de são Sepé. E quando alguém perguntava ao coronel Ricardo: "Então, é verdade que foi vosmecê que lanceou Sepé Tiaraju?", o velho torcia os longos bigodes brancos e com sua voz grave e sonora respondia, vago: "Anda muita conversa fiada por aí...". E sorria enigmaticamente, sem dizer sim nem não.

Depois da Guerra das Missões, Ricardo saíra a burlequear pelos campos do Continente, e as más-línguas afirmavam que ele andara metido numas arriadas, assaltando estâncias e roubando gado por aqueles descampados. Mas quem dizia isso eram seus inimigos. Não havia nenhuma prova clara dessas histórias escuras, e a verdade era que hoje Ricardo Amaral tinha fama de ser homem de bem e de gozar grande prestígio com o governo. Sempre que havia alguma guerra o comandante militar do Continente apelava para ele e lá se ia o senhor da estância de Santa Fé, montado no seu cavalo, de espada e pistolas à cinta, seguido da peonada, dos escravos e dum bando de amigos leais.

Quando os castelhanos invadiram o Continente, comandados por Pedro Ceballos, Ricardo lutara como tenente nas forças portuguesas, tendo tomado parte no ataque fracassado à cidade do Rio Grande; apesar de ter recebido no peito uma bala, continuara brigando, protegendo a retirada dos companheiros. Dizia-se até que, ao gritar as ordens para seus soldados, as palavras lhe saíam da boca junto com golfadas de sangue. Anos depois, quando Vertiz y Salcedo invadiu de novo o Continente com suas tropas, Ricardo Amaral e seus homens se juntaram às forças do tenente-general João Henrique de Bohm que assaltaram e retomaram a vila do Rio Grande. Amaral foi dos primeiros a entrar na vila; entrara de espada desembainhada, no seu cavalo marchador, cumprimentando galantemente as raras moças que assomavam meio bisonhas às janelas de suas casas.

Como recompensa pelos seus serviços, o governo lhe ia dando, além de condecorações, terras. Murmuravam-se histórias a respeito da maneira como ele conseguira seus muitos campos. A lei não permitia que uma pessoa possuísse mais de três léguas de sesmarias, mas Ricardo Amaral, seguindo o exemplo astuto de muitos outros sesmeiros, recebera as suas três léguas e pedira mais sesmarias em nome da esposa, dos filhos e até dos netos que ainda estavam por nascer.

Depois da expulsão dos espanhóis e do Tratado de Santo Ildefonso, Ricardo retirara-se para a estância e, segundo sua própria expressão, "sossegara o pito". Entregara-se à criação de gado, comprara mais escravos e aumentara as lavouras. Suas carretas saíam periodicamente para o Rio Grande e outros pontos, levando trigo, milho e feijão. Mas o que ele gostava mesmo era da criação. Era com uma certa volúpia que parava rodeio, curava bicheiras, marcava o gado. Era voz geral que o próprio Ricardo gostava de sangrar as reses para carnear e que seus olhos luziam de gozo quando ele sentia o sangue quente do animal escorrer-lhe pelo braço. Um dia alguém ouviu-o dizer:

— Criação é que é trabalho pra homem. Lavoura é coisa de português.

Falava com certo desdém dos açorianos que vira em Rio Pardo, Porto Alegre e Viamão, com suas barbichas engraçadas, seus olhos azuis e sua fala esquisita. Para Ricardo, trabalho manual era para mulher ou para negro. Um homem bem macho devia saber manejar a espada, a lança, a espingarda e a pistola, entender de criação e ser bom cavaleiro. Não compreendia que se pudesse viver com os pés sempre no chão, agarrado ao cabo duma enxada ou exercendo um ofício sedentário. Para ele o comércio tinha qualquer coisa de indigno e desprezível. Amava os cavalos, e sua filosofia de vida e seu conhecimento das criaturas e dos animais levavam-no a traçar paralelos entre os homens e os cavalos. Todos ali na estância de Santa Fé e arredores repetiam os ditados do coronel Ricardo, que costumava dizer que "Homem direito tem um pelo só", e que "Cavalo bom e homem valente a gente só conhece na chegada". Queria com isso dar a entender que conhecia cavalos que numa carreira saíam na frente mas chegavam na rabada, bem como homens que se mostravam valentes na arrancada inicial mas no meio da peleja "cantavam de galinha". Ricardo Amaral gostava de dizer que "Quem faz o cavalo é o dono" e, estendendo essa filosofia aos peões e aos escravos, procurava moldá-los de acordo com seus desejos e conveniências. Quando um dia o governador José Marcelino de Figueiredo lhe mandou um ofício, que Ricardo considerou ofensivo, sua resposta foi pronta, lacônica e altiva; apenas um bilhete com estas palavras: "Sou potro que não aguenta carona dura de ninguém".

Casara-se com a filha dum curitibano residente no Rio Pardo. Achava que "Mulher, arma e cavalo de andar, nada de emprestar". Mas, apesar disso, mais de uma vez tomara emprestadas mulheres de outros. E na fazenda — contava-se — fizera filhos em várias chinocas, mulheres de capatazes e agregados, e até numa escrava, a famosa Joana da Guiné.

Um dia — por volta de 1784 — Ricardo Amaral viajara para Porto Alegre, levando consigo muitos cavalos de posta, dois escravos e o mulato Bernardino, que afirmavam ser seu filho natural. Voltara depois duns três meses e, ao chegar à casa, reunira à noite os parentes e amigos e contara, entre outras notícias da capital, a sua visita ao Palácio do Governo. As lamparinas ardiam na sala grande da casa da estância e, sentado na sua cadeira de balanço, com um pretinho escravo a descalçar-lhe as botas, Ricardo Amaral começou:

— O governador me deu uma audiência...

Olhou em torno para ver o efeito da palavra *audiência*. Era um palavrão importante que cheirava a coisas da Corte, vice-reis, generais e palácios. Sua esposa sorria, enamorada dele como sempre.

— Pois é — repetiu o coronel com sua voz solene. — O governador me deu uma audiência. Quando entrei no palácio, os guardas apresentaram armas. Apresentaram armas — repetiu — e então eu entrei e o general Veiga Cabral veio ao meu encontro, me apertou a mão e disse: "Como tem passado, coronel? Entre e tome assento. Vossa mercê está em sua casa".

Ricardo soltou a sua risada lenta, que pôs à mostra os dentes cor de marfim queimado. Era um homem alto e corpulento, desempenado apesar de andar já por volta dos setenta. Tinha o rosto trigueiro, o olhar de ave de rapina, o nariz largo e purpúreo, e os lábios grossos e rosados escondidos sob um bigode branco e esfalripado como algodão.

— Imaginem só. Eu em minha casa, no palácio! Bom. Tomei assento e então conversei sobre coisas do nosso município. Fui mui franco, porque não sou como quero-quero, que canta pra um lado e tem ninho pra outro. Dissimulação não é comigo. "General", eu disse, "as coisas vão mal assim como estão..."

Falara-lhe — prosseguiu Ricardo — primeiro nas arbitrariedades de José Marcelino, o antecessor de Veiga Cabral no governo do Continente. Depois queixara-se do abandono em que viviam as estâncias, da eterna questão dos limites de terras e da confusão que havia quanto às tropas. Neste ponto o general lhe assegurara que estava obrigando todos os estancieiros a marcarem seu gado e seus cavalos. Ricardo manifestara também a Veiga Cabral suas dúvidas quanto à Feitoria do Linho-Cânhamo, que a Coroa criara. Na sua opinião a empresa estava destinada ao fracasso. O melhor que o governo podia fazer era ajudar os criadores. Estava claro que a lavoura também era importante, mas não tanto como o gado. "A carne, vossa mercê sabe, é o alimento mais importante pra nossa gente. E enquanto houver abundância de carne tudo está bem. Porque ninguém vive só de pão, mas só de carne pode viver. E, se tivermos carne, teremos charque, e as nossas charqueadas só podem ir pra frente. Temos ainda o negócio de couros, os chifres, etc. Mais ainda, general, na guerra não vamos alimentar nossa gente com trigo, milho ou feijão. O que nos vale numa campanha é o boi."

Neste ponto da narrativa Ricardo Amaral piscou o olho, avançou o busto para a frente e disse:

— Então cheguei onde queria. Disse: "General, preciso que o governo me conceda mais sesmarias para as bandas do poente. Vossa mercê precisa saber que meus campos ficam a dois passos do território inimigo. Mais cedo ou mais tarde os castelhanos nos atacam de novo. E quem é que sofre primeiro? São os povos que estão perto da fronteira. Preciso ter gente pronta pra brigar". O homem sacudia a cabeça e estava impressionado. Vai, então, eu disse: "Para le ser franco, acho que o território das Missões nos pertence de direito". Veiga Cabral respondeu que estava tudo muito bem, mas que a gente não devia se precipitar, pois o Continente ainda não estava preparado para a guerra. "Está bem", retruquei, "está muito bem. Mas vamos nos preparar." Fiquei sério, meio que me ergui na cadeira e falei: "General, preciso de mais terras, pois, quanto mais campo eu tiver, de mais gente precisarei. E, quanto mais gente eu tiver, mais soldados terá o Continente no caso de necessidades". O homem ficou impressionado e me prometeu estudar o assunto.

Ricardo reclinou-se para trás na sua cadeira e ficou gozando o efeito de suas palavras no rosto da mulher, do filho, da nora e do capataz, que o escutavam num silêncio respeitoso.

Quando Ana Terra viu pela primeira vez o senhor da estância de Santa Fé, seu espírito já estava cheio das histórias que se murmuravam a respeito dele. Ricardo Amaral chegou um dia montado no seu cavalo alazão, com aperos chapeados de prata, muito teso, de cabeça erguida e um ar de monarca. As largas abas do chapéu sombreavam-lhe parte do rosto. Ficou sob a figueira grande, à frente dos ranchos, e os poucos habitantes do lugar vieram cercá-lo — as mulheres de olhos baixos e os homens de chapéu na mão. Ricardo Amaral não apeou. De cima do cavalo informou-se sobre as colheitas, ouviu as queixas e resolveu duas ou três questões entre os moradores dos ranchos. Naquelas redondezas ele não era apenas o comandante militar, mas também uma espécie de juiz de paz e conselheiro.

Marciano Bezerra aproveitou uma pausa e disse:

— Coronel, esta é a moça que falei a vossa mercê.

Apontou desajeitadamente para Ana, que segurava a mão do filho.

— Ah! — fez o estancieiro, baixando os olhos. — Linda moça! — E num relâmpago Ana viu Rafael Pinto Bandeira a falar-lhe de cima do seu cavalo num dia de vento. — Vai ficar morando aqui?

— Se vossa mercê dá licença — respondeu Ana.

— Não há nenhuma dúvida. Precisamos de gente. Um dia inda hei de mandar uma petição ao governo pra fundar um povoado aqui.

Abrangeu com o olhar o coxilhão.

— O menino é filho? — perguntou depois, olhando para Pedro.

— É, sim senhor.

— Onde está o marido de vosmecê?

Ana não teve a menor hesitação.

— Morreu numa dessas guerras.

Contou-lhe também o que havia acontecido ao pai e ao irmão. O coronel escutou em silêncio e, depois de ouvir tudo, disse:

— Um dia essa castelhanada ainda nos paga. Deixe estar...

Pedro olhava fascinado para as grandes botas do estancieiro e para as chilenas de prata que lampejavam ao sol.

Quando ele se foi, o menino puxou o vestido da mãe e disse:

— Mãe, que velho bonito!

Ana sacudiu a cabeça devagarinho e acrescentou:

— E dizem que sabe ler e escrever.

"Um dia", pensou ela, "havia de mandar o filho para uma escola." O diabo era que não existia nenhuma escola naqueles cafundós. Ouvira dizer que um homem na vila do Rio Grande tinha aberto uma aula para ensinar a ler, escrever e contar. Mais tarde, quando Santa Fé fosse povoado, talvez o coronel mandasse abrir uma escola, se bem que no fundo ela achasse que uma pessoa podia viver muito bem e ser honrada sem precisar saber as letras.

Naqueles dias, ajudados por vizinhos, Ana Terra, Eulália e Pedro construíram o rancho onde iam morar. Tinha paredes de taipa e era coberto de capim. Quando o rancho ficou pronto, Ana, o filho e a cunhada, que até então tinham vivido com a família de Marciano, entraram na casa nova. O único móvel que possuíam era a velha roca de d. Henriqueta. Dormiam todos no chão em esteiras feitas de palha. Ana conservava sempre junto de si, à noite, a velha tesoura, pensando assim: "Um dia inda ela vai ter a sua serventia".

E teve. Foi quando uma das mulheres da vila deu à luz uma criança e Ana Terra foi chamada para ajudar. Ao cortar mais um cordão umbilical, viu em pensamento a face magra e triste da mãe. A criança veio ao mundo roxa e muda, meio morta. Ana segurou-lhe os pés, ergueu-a no ar, de cabeça para baixo, e começou a dar-lhe fortes palmadas nas nádegas até fazer a criaturinha berrar. E, quando a viu depois com os beicinhos grudados no seio da mãe a sugá-los com fúria, foi lavar as mãos dizendo ao pai que estava no quarto naquele momento:

— É mulher. — E a seguir, sem amargor na voz, quase sorrindo, exclamou: — Que Deus tenha piedade dela!

Desde esse dia Ana Terra ganhou fama de ter "boa mão" e não perdeu mais parto naquelas redondezas. Às vezes era chamada para atender casos a muitas léguas de distância. Quando chegava a hora e algum marido vinha buscá-la, meio afobado, ela em geral perguntava com um sorriso calmo:

— Então a festa é pra hoje?

Enrolava-se no xale, amarrava um lenço na cabeça, apanhava a velha tesoura e saía.

23

Muitos anos depois, sentada uma tardinha à frente de seu rancho, Ana Terra conversava com o filho e dizia-lhe, mostrando meninos e meninas que passavam:

— Aquele que ali vai eu ajudei a botar no mundo. Por sinal que o diabinho saiu berrando como bezerro desmamado.

E depois:

— Está vendo a Amelinha? Passou e nem olhou pra mim. No entanto, se não fosse eu ela estava a esta hora no cemitério. Nasceu com o cordão umbilical enrolado no pescocinho e ia morrendo esgoelada. Foi numa noite braba de inverno. — Suspirou fundo e acrescentou: — Este mundo velho é assim mesmo. Não há gratidão.

Tendo na mão a cuia de mate — quente como uma presença humana — e chupando lentamente na bomba, Ana Terra às vezes ficava sentada à sombra duma laranjeira, na frente de seu rancho, tentando lembrar-se das coisas importantes que tinham acontecido desde o dia em que ela chegara àquele lugar. Mas não conseguia: ficava confusa, os fatos se misturavam em sua memória. E o que sempre lhe vinha à mente nessas horas eram os muitos invernos que tinha atravessado, pois o inverno era o tempo que mais custava a passar. O vento minuano às vezes parecia prender a noite e afugentar o dia que tentava nascer. Tudo era mais comprido, mais triste e mais custoso no inverno.

Entre outras coisas alegres do passado, Ana lembrava-se principalmente dum verão em que aparecera por ali um padre carmelita descalço, homem de barbas pretas e sotaina parda, que chegara montado numa mula, contando que tinha estado prisioneiro dos índios coroados. Vinha da vila do Rio Pardo; ia para as Missões. Falava dum jeito esquisito, pois era estrangeiro. Ficou uns dias por ali e os moradores dos ranchos lhe deram mantimentos e dinheiro. O carmelita rezou uma missa debaixo da figueira grande, batizou as crianças que ainda estavam pagãs e casou os homens e mulheres que viviam amancebados.

Havia também outros dias que Ana Terra não podia esquecer, como aquele em que pela primeira vez percebera que Pedrinho era já um homem-feito, de voz grossa e buço cerrado. Ficara espantada ao notar que o filho estava mais alto do que ela. Mas espanto maior ainda lhe causara a descoberta que aos poucos fizera de que, embora fosse a imagem viva do pai, o rapaz tinha herdado o gênio do avô: era calado, reconcentrado e teimoso. Engraçado! Maneco Terra e o homem que ele mandara matar agora se encontravam no corpo de Pedrinho.

Ana procurava sempre esquecer os dias de medo e aflição, principalmente aquele — o pior de todos! — em que, chegando à casa uma tarde, vira, horrorizada, um índio coroado aproximar-se, na ponta dos pés, da cama onde seu filho dormia a sesta. Quase sem pensar no que fazia, apanhou o mosquete carregado que estava a um canto, ergueu-o à altura do rosto, apontou-o na direção do índio e atirou. O coroado caiu com um gemido sobre Pedro, que despertou alarmado, desvencilhou-se daquela "coisa" que estava em cima de seu peito e saltou para fora da cama já com o punhal na mão e todo banhado no sangue do bugre. Vendo o filho assim ensanguentado, ela se pôs a gritar, imaginando que também o tivesse atingido com o tiro. Os vizinhos acudiram e foi só depois de muito tempo que tudo se aclarou. Ana Terra não gostava de recordar esse dia. Ficara com o ombro arroxeado e dolorido por causa do coice que a arma lhe dera ao disparar. A sangueira que saía do corpo do coroado deixara-a tonta. Não tinha tido coragem de ir olhar de perto... Mas um vizinho lhe contara:

— Ficou com um rombo deste tamanho no pulmão.

Ana passara o resto daquele dia tomando chá de folhas de laranjeira. Tinha matado um homem — ela, que ajudava tanta gente a nascer! Por muitas semanas ficou sem poder comer carne. Mas, como o tempo é remédio que cura tudo, aos poucos foi esquecendo aquilo. Sempre, porém, que alguém queria mangar com ela na frente dum forasteiro, a primeira coisa que dizia era:

— Dona Ana, conte a história do bugre que vosmecê matou.

Ela ficava tão furiosa que tinha vontade de dizer nomes feios.

E, por falar em bugres, muitas vezes naqueles anos os coroados andaram pelas vizinhanças dos ranchos, fazendo estripulias.

Num dos primeiros invernos que ela passara ali, Marciano Bezerra tinha ido um dia encher o corote no arroio que ficava a umas trezentas braças dos ranchos e voltara de lá branco como papel, perdendo muito sangue dum braço, e contando que havia sido frechado por um bugre. Nos dias que se seguiram todos ali ficaram no temor dum ataque dos coroados, que tinham sido vistos pelas redondezas em grande número. Avisado disso, o coronel Ricardo armara seus homens e saíra à caça dos índios, que fugiram para as bandas de São Miguel.

Essas eram as coisas de que Ana Terra mais se lembrava sempre que ficava depois do almoço a tomar mate sozinha debaixo da laranjeira. Porque, quanto ao resto, um dia era a cópia de outro dia, em que ela trabalhava de sol a sol, em casa e na lavoura, fazendo serviço de homem. Para Ana não havia domingo nem dia santo. De vez em quando ela saía com sua tesoura para cortar algum cordão umbilical. Ou então ia a algum enterro. Porque pessoas continuavam a nascer e a morrer naquele fim de mundo.

Quando a água da chaleira acabava, Ana erguia-se, entrava no rancho, botava a cuia em cima do fogão e recomeçava a lida do dia. Tinha agora em casa um espelho, presente que Pedro lhe trouxera duma de suas viagens à vila do Rio Pardo. De raro em raro Ana tirava um minuto ou dois para se olhar nele. Era esquisito... Tinha sempre a impressão de estar na frente de uma estranha. Examinava-se com cuidado, descobria sempre novos fios brancos nos cabelos e às vezes nos seus próprios olhos via os olhos tristonhos da mãe. "Espelho é coisa do diabo", concluía. Quem tinha razão era seu pai.

Exatamente no dia em que Pedro Terra anunciou seu noivado com Arminda Melo, chegaram ali os primeiros boatos de guerra.

Dias depois o coronel Ricardo apareceu montado no seu cavalo — agora um tordilho — e expôs a situação. Chegara à sua estância um próprio trazendo um ofício em que o governador do Continente lhe comunicava que, na Europa, Portugal e Espanha estavam de novo em guerra.

— Isso significa — explicou ele — que temos de pelear de novo com os castelhanos.

Estava recrutando gente, pois Veiga Cabral precisava de muitas forças para guarnecer as fronteiras. O tordilho escarvava o chão, desinquieto. E em cima do animal o coronel Ricardo estava também excitado. Apesar dos setenta anos era ainda um homem desempenado e forte, e seus olhos brilhavam quando ele falava em guerra.

— Faz muitos anos mesmo que a gente não briga — acrescentou. — Já era tempo.

Pediu a Marciano que começasse o recrutamento. Tinha armamento para uns quarenta homens. Levaria de sua estância vinte escravos e dez peões, e esperava arregimentar mais uns doze ou quinze soldados ali nos ranchos. Os habitantes do lugar escutaram-no em silêncio. Antes de se retirar, o coronel Amaral gritou, de cabeça erguida, como se estivesse falando com Deus:

— O recrutamento é obrigatório. São ordens do governo!

As mulheres então desataram o pranto.

Naquele mesmo dia Ana Terra pediu emprestado a Marciano um cavalo, montou nele e tocou-se para a estância do coronel Amaral. Mandaram-na entrar para a sala grande da casa, onde ela se viu na frente do senhor de Santa Fé.

— Tome assento — ordenou ele.

Chico Amaral, filho do estancieiro, azeitava suas pistolas. Por toda a parte se notavam preparativos guerreiros: alguns escravos limpavam espadas e baionetas, outros se exercitavam no manejo de espingardas. Sentado num cepo, de facão em punho, um mulato fazia ponta numa lança de guajuvira, assobiando por entre os dentes. As mulheres da casa estavam de olhos vermelhos. Mas os homens, com exceção dos escravos, pareciam muito contentes, como se se estivessem preparando para um fandango. Um deles até cantava, trançando um laço perto da porta da casa-grande:

Esta noite dormi fora,
Na porta do meu amor;
Deu o vento na roseira
Me cobriu todo de flor.

Ana olhava, bisonha, para Ricardo Amaral.

— Então? — perguntou este último. — Que novidade há?

— Não vê que eu vim fazer um pedido a vossa mercê... — Calou-se, embaraçada. Amaral brincava, meio impaciente, com a argola do rebenque que estava em cima da mesa, a seu lado. Ana criou ânimo e prosseguiu: — Não vê que tenho um filho, o Pedrinho...

— Eu sei, eu sei.

— Seu Marciano disse que o menino tem que marchar também... — E acrescentou rápida, a medo — pra guerra —, como se esta última palavra lhe queimasse os lábios.

— E que tem isso? Pois ele não é homem?

— É, sim senhor.

— Então?

— Mas acontece que é tão moço. Recém fez vinte anos.

— Moço? Sabe quantos anos eu tinha quando entrei no primeiro combate? Dezessete!

Ana Terra tinha os olhos postos no chão. O vozeirão do estancieiro a intimidava. Ela olhava fixamente para suas grandes botas negras, cujos canos lhe subiam até os joelhos, e lembrava-se de que, quando menino, Pedro lhe dissera um dia ter medo daquelas botas que lhe pareciam um "bicho preto".

— Vosmecê volte pra casa — disse Ricardo. — Volte e não conte a ninguém que veio me pedir pra dispensar o seu filho. Não conte, que é uma vergonha.

Ana recobrou a coragem e fez nova tentativa:

— E se ele morrer?

— Todos nós temos de morrer um dia. Ninguém morre na véspera.

— Mas o Pedro está pra casar...

— Casar? O que ele quer mesmo é dormir com a moça. Pois que durma, tem tempo, só partimos daqui a dois dias. Durma e vá pra guerra. Depois case, se voltar vivo e tiver vontade.

Ana Terra sentiu uma revolta crescer-lhe no peito. Teve ganas de dizer que não tinha criado o filho para morrer na guerra nem para ficar aleijado brigando com os castelhanos. Guerra era bom para homens como o coronel Amaral e outros figurões que ganhavam como recompensa de seus serviços medalhas e terras, ao passo que os pobres soldados às vezes nem o soldo recebiam. Quis gritar todas essas coisas mas não gritou. A presença do homem — aquelas botas pretas, grandes e horríveis! — a acovardava. Fez meia-volta e se foi em silêncio. E ia pisar no alpendre quando ouviu a voz retumbante do coronel que a envolveu, pesada e violenta como boleadeiras:

— Estou com setenta anos e prefiro mil vezes morrer brigando do que me finar aos pouquinhos em cima duma cama!

Fora, o caboclo ainda cantarolava. Quando Ana passou, ele lhe lançou um olhar carregado de malícia e lhe dirigiu uma quadra:

Fui soldado, sentei praça,
Já servi numa guarita,
Agora, sou ordenança
De toda moça bonita.

Dois ou três dias depois Ana Terra disse adeus ao filho. Apertou-o contra o peito, cobriu-lhe o rosto de beijos e a muito custo conteve as lágrimas. Outras mulheres despediam-se chorando de seus homens. Havia um ar de desastre e luto em todas as caras.

O coronel Ricardo Amaral e os filhos apareceram em cima dos seus belos cavalos, com pistolas e espadas à cinta. Abriram a marcha, seguidos pelos outros homens que, enrolados nos seus ponchos, e na sua maioria descalços e com as espingardas a tiracolo, acenaram, de cima de seus matungos, para as pessoas que ficavam.

Ana Terra, Eulália, Rosa e Arminda, noiva de Pedro, ficaram a acompanhar com os olhos o grupo que se afastava. Os arreios chapeados de prata do coronel Amaral reluziam ao sol. Longe, quando já começava o declive da grande coxilha, Pedro fez estacar seu cavalo, torceu o busto, e acenou tristemente com a mão. As mulheres responderam ao aceno.

Foi só então que Ana Terra percebeu que estava ventando.

24

E de novo Ana Terra começou a esperar... Esperava notícias da guerra; esperava a volta do filho. Se era dia, desejava que caísse a noite, porque dormindo esquecia a espera. Se era noite, queria que um novo dia viesse, porque, quanto mais depressa o tempo passasse, mais cedo o filho voltaria para casa. Muitas vezes até em sonhos Ana se surpreendia a esperar, agoniada, vendo longe no horizonte vultos de cavaleiros entre os quais ela sabia que estava Pedrinho — mas por mais que seus cavalos galopassem eles nunca chegavam.

Nos ranchos vazios de homens — só os velhos e os inválidos tinham ficado — as mulheres continuavam sua lida. E quando, dali a muito tempo, chegou um próprio trazendo notícias da guerra para a família do coronel Amaral, elas o cercaram e lhe fizeram perguntas aflitas sobre seus homens. O mensageiro não pôde contar-lhes muito. Deu-lhes notícias gerais e vagas... Ricardo Amaral e seus soldados estavam com as forças do coronel de cavalaria ligeira Manuel Marques de Souza. Tinham invadido o território inimigo e tomado as guardas de São José, Santo Antônio da Lagoa e Santa Rosa, e estavam agora se fortificando em Cerro Largo.

Por aqueles dias Eulália foi viver com um viúvo cinquentão que não fora para a guerra por ter dois dedos da mão direita decepados.

— Quando aparecer um padre nós casamos — explicou ela a Ana, de olhos baixos, na hora em que foi comunicar à cunhada sua resolução de juntar-se com o viúvo.

— Que me importa? — respondeu a outra. — O principal é que vosmecês vivam direito e que a Rosinha tenha quem cuide dela.

Assim, Eulália e a filha mudaram-se para outro rancho. E Ana Terra ficou sozinha em casa. E quando se punha a fiar, a pedalar na roca, frequentemente falava consigo mesma por longo tempo e acabava concluindo, a sorrir, que estava ficando caduca.

Às vezes a imagem do filho em seus sonhos confundia-se com a do pai, e uma madrugada Ana acordou angustiada, pois sonhara que Antônio e Horácio tinham levado Pedrinho para longe, para assassiná-lo. Ficou de olhos abertos até ouvir o canto do primeiro galo à hora de nascer o sol.

Passaram-se meses, e um dia, quando ela viu que o ventre de Eulália começava a crescer, pensou logo na sua tesoura e sorriu. Naquele inverno nasceram seis crianças nos ranchos, porque antes de partir para a guerra muitos maridos tinham deixado suas mulheres grávidas. E, quase sempre no momento em que ela via uma criança nascer, a primeira coisa em que pensava era: será que o pai ainda está vivo?

Uma noite de chuva, voltando para casa depois dum parto, caminhando meio às cegas e orientando-se pelo clarão dos relâmpagos, Ana pensou todo o tempo no filho, imaginou-o a dormir no chão, enrolado num poncho ensopado, com a chuva a cair-lhe em cheio na cara. Teve vontade de apertá-lo nos braços, emprestar-lhe o calor de seu corpo. E em casa, perto do fogo, ficou ouvindo o barulho manso da chuva na coberta do rancho. Olhava para a roca e lembrava-se dos tempos lá na estância, quando a alma de sua mãe vinha fiar na calada da noite. A roca ali estava, velha e triste, e Ana Terra sentia-se mais abandonada que nunca, pois agora nem o fantasma da mãe vinha fazer-lhe companhia.

Lá pelo fim daquele inverno um próprio chegou e disse:

— A guerra anda aqui por perto.

Muitas pessoas, velhos e mulheres, aproximaram-se dele e ouviram o homem contar que um tal Santos Pedrozo com uns vinte soldados derrotara a guarda castelhana de San Martinho e apoderara-se das Missões. E, com um largo sorriso na cara marcada por uma cicatriz que lhe ia do canto da boca à ponta da orelha, acrescentou:

— Agora todos esses campos até o rio Uruguai são nossos!

Ana Terra sacudiu a cabeça lentamente, mas sem compreender. Para que tanto campo? Para que tanta guerra? Os homens se matavam e os campos ficavam desertos. Os meninos cresciam, faziam-se homens e iam para outras guerras. Os estancieiros aumentavam as suas estâncias. As mulheres continuavam esperando. Os soldados morriam ou ficavam aleijados. Voltou a cabeça na direção dos Sete Povos, e seu olhar perdeu-se, vago, sobre as coxilhas.

No princípio dum novo verão chegou um mensageiro com a notícia de que o coronel Ricardo tinha sido morto num combate e que os filhos estariam de volta a Santa Fé dentro de três meses, com os soldados que tinham "sobrado" da guerra. Na estância de Santa Fé houve choro durante três dias e três noites. As mulheres nos ranchos estavam ansiosas, queriam saber quantos haviam sobrevivido dos quarenta e tantos que tinham partido, fazia mais dum ano. O mensageiro entortou a cabeça, revirou os olhos e respondeu, depois de alguma reflexão:

— Sobraram uns vinte... — E, como visse consternação no rosto das mulheres, fez uma concessão otimista... — ... ou vinte e cinco.

E se foi, assobiando uma música de gaita que aprendera nos acampamentos da Banda Oriental.

— Mas Pedro está vivo — disse Ana Terra para si mesma. — Uma coisa dentro de mim me diz que meu filho não morreu.

Tomou a mão da futura nora e arrastou-a para o rancho, dizendo:

— Temos de arrumar a casa pra esperar o noivo.

25

Um dia Chico Amaral chegou com seus homens. Tinham vencido a guerra, mas voltavam com um ar de derrota. Barbudos, encurvados, de olhos no fundo, os ponchos em farrapos, nem sequer sorriram ao ver os parentes. Chico Amaral tinha recebido um pontaço de lança que lhe vazara o olho esquerdo, sobre o qual trazia agora um quadrado de fazenda preta. Um dos seus peões voltava sem um dos braços. Outros haviam recebido ferimentos leves. Tinham ficado enterrados em território castelhano quinze escravos, quatro peões e oito rancheiros. Os homens apearam dos cavalos, abraçaram os parentes e amigos e encaminharam-se para seus ranchos. E as mulheres cujos maridos, filhos, irmãos ou noivos não tinham voltado ficavam ainda um instante, meio estupidificadas, a esperar por eles debaixo da grande figueira. Mas de repente, compreendendo tudo, rompiam o choro.

Ana Terra não pôde conter as lágrimas quando viu o filho. Quase não o reconheceu. Pedro tinha envelhecido muitos anos naqueles meses. Estava magro, abatido e deixara crescer a barba, e quando ele desceu do cavalo e caminhou para a mãe, esta teve a impressão de que ia abraçar o próprio Maneco Terra.

No dia seguinte — já descansados e mais bem alimentados — os guerreiros contavam proezas, descreviam combates, marchas, surtidas... Só Pedro Terra não falava. Por mais que lhe perguntassem, por mais que puxassem por ele, não dizia nada. Ficava às vezes com os olhos vagos a olhar para parte nenhuma, ou então a tirar lascas dum pau qualquer com seu facão.

Começou a correr de boca em boca a narrativa das proezas do coronel Ricardo Amaral. Contava-se que o inimigo estava acampado nas proximidades do rio Jaguarão com cerca de duzentos homens. Marques de Souza mandou uma divisão dumas duzentas praças fazer reconhecimento. Quis entregar o comando delas a um de seus capitães, quando o coronel Ricardo avançou e disse: "Chefe, se vossa mercê tem confiança em mim, terei muita honra em comandar esses soldados". Marques de Souza respondeu: "Está muito bem, coronel. Vá e seja feliz". Chico Amaral falou: "Pai, eu quero ir com vossa mercê". O velho disse apenas: "Pois venha. Vai ser divertido". E foi mesmo muito divertido. Ricardo pôs-se à frente da tropa e encontrou o inimigo formado em fila singela perto do Passo das Perdizes. De lança em riste os nossos soldados se precipitaram contra os castelhanos, que abriram fogo. Mas quem foi que disse que os homens de Amaral pararam? Veio então o entrevero. Foi no alto duma coxilha e de lado a lado os soldados brigavam como demônios. Em muitos pontos o capim verde ficou vermelho. E o sangue dos homens misturou-se e coalhou ao sol com o dos cavalos. Parece que Ricardo Amaral recebeu um balaço quando o combate ia em meio, mas aguentou até o fim, perdendo sangue. Os castelhanos foram completamente derrotados; os que não puderam fugir morderam o pó. Quando Chico Amaral olhou para o pai — no fim da peleja —, viu-o cair para a frente, sobre o pescoço do tordilho. Esporeou seu cavalo e chegou a tempo de enlaçar o velho pela cintura, impedindo-o de tombar ao chão. Ricardo quis dizer alguma coisa, mas de seus lábios só saiu um ronco. Morreu dessangrado nos braços do filho.

Marques de Souza mais tarde declarou que aquela vitória do Passo das Perdizes tinha sido decisiva. Porque graças a ela suas forças puderam atravessar o Jaguarão sem perigo e entrar mais fundo no território inimigo. Assim os castelhanos perderam Rio Pardo, Batovi, Taquarembó, Santa Tecla...

Nos meses que se seguiram chegaram ainda aos campos de Santa Fé boatos de que os castelhanos se preparavam para voltar ao ataque. Mas contava-se também que, na Europa, Portugal e Espanha tinham feito as pazes, e que no Continente tudo continuaria como estava.

Em princípios de 1803 um padre das Missões passou por aquele agrupamento de ranchos, disse uma missa, convenceu Chico Amaral da necessidade de mandar erguer uma capela, batizou doze crianças e fez cinco casamentos, inclusive o de Pedro Terra e Arminda Melo.

Em fins daquele mesmo verão Chico Amaral viajou de carreta para Porto Alegre em companhia da mulher e de seu filho Ricardo, levando uma mucama preta, um pajem e dois peões. Voltaram depois de seis meses, e o novo senhor de Santa Fé contou aos parentes e amigos o que vira, dissera e fizera na capital. O general Veiga Cabral morrera havia uns dois anos, fora substituído por um brigadeiro — que governara apenas quatorze meses —, e agora quem estava na comandância do Continente era o chefe de esquadra Silva Gama.

— Um homem de bem — contou Chico Amaral. — Mas encontrou o Continente em petição de miséria, por causa da guerra. Me contou que a despesa é maior que a receita... imaginem!

Os que o escutavam sacudiram a cabeça num mudo assentimento, embora não entendessem o sentido dessas palavras.

— Queixou-se do abandono em que vive o Continente — continuou o estancieiro — e de que não pode fazer nada sem consultar o Rio. Assim as coisas ficam mui demoradas e difíceis. O remédio, me disse ele, é tomar as iniciativas sem consultar o vice-rei.

Chico Amaral sorriu e acrescentou:

— Então eu respondi: "É melhor passar por insubordinado do que por incompetente". O governador gostou muito da minha resposta. E me contou muito em segredo que faz quase dez anos que a Corte não manda pagar os soldados do Rio Grande. "Vosmecê sabe melhor que eu, major", ele me disse, "o que esses pobres-diabos passam. Nem uniforme têm, andam de pés no chão e nesta última guerra brigaram até com lanças de pau, por falta de arma de fogo!"

Chico Amaral mostrava-se satisfeito pela maneira com que fora recebido. O governador concedera-lhe as três léguas de sesmaria que ele requerera e, quando ele lhe contara de seus projetos de fundar um povoado, Silva Gama lhe dissera: "Faça uma petição ao comandante das Missões. Eu vou recomendar-lhe que a despache favoravelmente".

Foi assim que um dia, alguns meses depois, o novo senhor de Santa Fé chegou a cavalo e, bem como fazia o pai, postou-se debaixo da figueira, chamou os moradores dos ranchos e contou-lhes que o administrador da redução de São João lhe mandara um ofício concedendo o terreno necessário para a edificação do povoado. Chico Amaral leu em voz alta: "Ordeno a Vosmecê que faça medir com brevidade meia légua de terreno no lugar em que pretendem formar a povoação, contendo, desde o ponto em que desejam ter a capela, um quarto de légua na direção de cada rumo cardeal, em rumos direitos de Sul a Norte, e de Leste a Oeste".

Ana Terra escutava, mal entendendo o sentido daquelas frases. Pedro estava muito atento. Pensava no terreno que lhe ia tocar, e ao mesmo tempo olhava fascinado para as grandes botas do estancieiro, lembrando-se das botas do coronel Ricardo; ainda sentia por elas um secreto temor, que no fundo era surda malquerença.

Houve um ponto para o qual o major Amaral chamou a atenção dos presentes, lendo-o duas vezes com ênfase: "Ninguém poderá ocupar mais terreno que aquele que lhe é destinado, salvo o caso de compra a outrem que lá possuir título legítimo".

Cada rua do povoado devia ter sessenta palmos craveiros de largura e cada morador ia receber um lote de cinquenta palmos contados na frente da rua e duzentos palmos de fundo, devendo dentro do prazo de seis meses requerer título legítimo aos senhores do governo.

O major Amaral mandou fazer uma planta da povoação por um agrimensor muito habilidoso que viera do Rio Pardo. Queria uma praça, no centro da qual ficaria a figueira, três ruas de norte a sul e quatro transversais de leste a oeste. Meses depois mandou começar a construção da capela com madeira dos matos próximos. E todos os homens e mulheres do lugar ajudaram nesse trabalho. E, quando a capela ficou pronta, foi ela dedicada a Nossa Senhora da Conceição; veio um padre de Santo Ângelo e disse a primeira missa. E o major Amaral mandou comprar nas Missões, a peso de ouro, uma imagem da padroeira do povoado.

No ano seguinte mandou construir uma casa toda de pedra para sua família, bem na frente da capela, do outro lado da praça. Ergueu outras casas para alugar à gente que chegava. E muita gente chegou naquele ano e nos seguintes. Tropeiros que vinham de Sorocaba comprar mulas nas redondezas gostavam do lugar e iam ficando por ali. E o nome de Santa Fé começou a ser conhecido em todo o município do Rio Pardo e fora dele.

Em princípios de 1804 Chico Amaral fundou uma charqueada e comprou mais um lote de escravos. Nesse mesmo ano, numa noite morna de março, nasceu o primeiro filho de Pedro e Arminda Terra. Era um menino e deram-lhe o nome de Juvenal. Quando Ana Terra tomou da tesoura para cortar-lhe o cordão umbilical, suas mãos tremiam.

E naqueles dias, quando Pedro saía para o mato a buscar madeira para a casa que estava construindo no terreno que lhe coubera, e Arminda ia lavar roupa no arroio, Ana Terra ficava em casa fiando e cuidando do neto. Quando

Juvenal chorava, ela pedalava mais de mansinho e cantava-lhe velhas cantigas que aprendera com a mãe, as mesmas que cantara um dia para Pedrinho.

Achava que tudo agora estava bem. O filho era um homem direito e tinha casado com uma mulher séria e trabalhadora. Eulália vivia em paz com o marido e Rosinha estava noiva do capataz do major Amaral.

Aqueles foram tempos de grande paz. Muitas vezes por ano Ana Terra saía apressada sob o sol ou à luz das estrelas com a tesoura debaixo do braço. E gente nascia, morria ou se casava em Santa Fé. O número de casas aumentava e a população já se habituava à voz do sino da capela.

No inverno de 1806 Ana ajudou a trazer para o mundo seu segundo neto, uma menina que recebeu o nome de Bibiana. Ao ver-lhe o sexo, a avó resmungou: "Mais uma escrava". E atirou a tesoura em cima da mesa num gesto de raiva e ao mesmo tempo de alegria.

Bibiana tinha já quase três anos quando certo dia um tropeiro chegado do Rio Pardo contou a Pedro que havia grandes novidades no Rio de Janeiro. A rainha e o príncipe regente tinham fugido de Portugal porque esse país havia sido invadido pelos franceses... ou ingleses, ele não sabia ao certo; mas a verdade era que a família real já estava no Brasil. No Rio Pardo todos achavam que as coisas iam mudar para melhor.

O major Amaral agora dava audiências no seu sobrado às gentes do lugar que lhe iam levar seus problemas ou pedir-lhe conselhos.

Duma feita, Pedro ouviu o senhor de Santa Fé conversar, indignado, com um estancieiro de Viamão que lhe viera comprar uma tropa.

— Assim não é possível! — dizia ele, caminhando dum lado para outro da sala. — Nosso charque só pode ser vendido no Rio de Janeiro a setecentos réis a arroba, e o charque dos castelhanos chega lá por quatrocentos. Isso tem cabimento? Me diga, tem?

O visitante limitava-se a sacudir a cabeça e a murmurar:

— São dessas coisas, major, são dessas coisas...

— E, a todas essas, o preço do nosso gado na tablada vai baixando.

O viamonense começou a picar fumo reflexivamente. Depois, com sua voz calma, perguntou:

— E no que deu aquele pedido que fizeram ao governo pra proibir a entrada do charque castelhano?

— Deu em nada! Está claro que o governo tem interesse no caso, pois não quer perder o imposto de importação.

— É o diabo... E agora ainda inventaram esse imposto de trezentos e vinte réis por cabeça de rês abatida...

Chico Amaral cuspiu no chão.

— Eu só quero ver como é que eles vão arrecadar. Eu só quero ver...

— É o diabo...

— Os castelhanos têm tudo que querem, fácil e ligeiro. Nós temos que depender das ordens do Rio. De nada nos adiantou elevarem o Rio Grande a capitania. Não vai adiantar nada também a gente ter a Corte no Rio de Janeiro. Vamos continuar aqui embaixo abandonados e esquecidos como sempre. Mas na hora do aperto eles vêm com esses pedidos de auxílio, porque o país está mal, porque isto e porque aquilo. Vosmecê se lembra da arrecadação de donativos que fizeram em 1805? Foi o mesmo que pedir esmola a particulares. Onde se viu?

— É o diabo... — murmurou de novo o visitante, enrolando o cigarro.

— E na hora de pegar no pau furado, na hora de brigar com os castelhanos, a Corte apela é pra nós.

Parado junto da porta, sem coragem de entrar, Pedro escutava o estancieiro, com os olhos fitos em suas botas embarradas.

Chico Amaral, que agora mascava com fúria um naco de fumo, começou a falar no problema do contrabando. Silva Gama fizera o possível para acabar com aquele abuso, mas não conseguira nada. Os contrabandistas traziam negros das colônias portuguesas da África, tiravam guias para a Capitania do Rio Grande, mas na verdade seguiam viagem para Montevidéu e Buenos Aires, onde trocavam os pretos por charque, trigo, couro e sebo, e iam depois vender essas mercadorias em outros pontos do Brasil, como se elas tivessem sido produzidas no Rio Grande.

— E é assim que eles fazem concorrência ao nosso produto! — exclamou Chico Amaral. — Isso tem cabimento? É por essas e por outras que o nosso charque não pode competir com o da Banda Oriental. O couro deles tem boa cotação, o nosso fica aqui apodrecendo e o remédio é fazer surrão com ele!

Chico parou na frente do visitante, segurou-lhe o braço, encarou-o e perguntou:

— Vosmecê sabe qual é a solução para esse negócio todo? Pois é invadir a Banda Oriental e arrebentar aquela coisa lá. Os castelhanos não podem se queixar porque foram eles que começaram essa história de entrar na terra dos outros.

O viamonense sacudiu a cabeça devagarinho e disse mansamente:

— Guerra não resolve nada, major.

— Qual! Guerra resolve tudo.

Pedro, que tinha ido à casa de Chico Amaral para lhe pedir o arrendamento de alguns alqueires de terra, onde tencionava plantar uma lavoura de trigo, achou melhor voltar, pois viu que o homem estava excitado.

Uma semana depois, entretanto, conseguiu o que queria. Chico Amaral arrendou-lhe um pedaço de campo a um quarto de légua do povoado. Pedro contratou dois peões e com eles virou a terra. Nesse dia a mulher e a mãe também pegaram nas enxadas e os ajudaram. Trabalharam o dia inteiro. Depois semearam. Passados seis meses, colheram. Pedro vendeu o trigo e ganhou um bom dinheiro. Tornou a semear e de novo teve boa colheita. Já por essa época sua casa estava pronta. Era de tábua, tinha um pomar e uma criação de galinhas e porcos.

Tudo corria bem para os Terras quando começaram a circular rumores duma nova guerra. Dizia-se que d. João resolvera tomar conta da Banda Oriental.

Ana Terra suspirou e disse:

— Isso é falta de serviço. Se esse homem tivesse de trabalhar como a gente, de sol a sol, não ia se lembrar de invadir terra alheia.

Foi no ano de 1811. Contava-se que na Banda Oriental havia barulho, porque os platinos queriam se ver livres da Espanha. Quem é que ia entender aquela confusão? Diziam também que d. Diogo de Souza, o comandante das forças portuguesas na Capitania do Rio Grande, estava acampado em Bagé com seus exércitos. Tudo indicava que estava preparando a invasão.

Arminda rezava dia e noite diante do Cristo sem nariz. As mulheres de Santa Fé encheram a capela no dia em que se confirmaram os boatos de guerra. E lá dentro o rumor das rezas se misturava com o do choro.

Quando Chico Amaral apareceu uma tarde, exaltado, em cima do seu cavalo e mandou tocar o sino, chamando os habitantes do lugar, Ana Terra saiu com um frio na alma, porque sabia o que ia acontecer. E tudo aconteceu como ela temia. D. Diogo de Souza apelava para o major Francisco Amaral, pedindo-lhe que se reunisse o quanto antes com seus homens às forças portuguesas que iam invadir a Banda Oriental.

Pedro teve de abandonar a lavoura para se incorporar à tropa de Chico Amaral.

— Uma coisa me diz que desta guerra eu não volto — murmurou ele quando se preparava para partir.

Arminda, que chorava com Bibiana agarrada às saias, não disse nada. Mas Ana Terra, que tinha os olhos secos, botou a mão no ombro do filho e falou:

— Volta, sim. — E, como se tudo dependesse de Pedro, ela olhou-o bem nos olhos e disse: — Vosmecê precisa voltar. Pense nos seus filhos, na sua mulher, na sua lavoura.

Os olhos de Pedro brilharam.

— Mãe, tome conta de tudo.

— Nem precisa dizer.

Chico Amaral e seus soldados partiram numa madrugada para reunir-se nas Missões às forças de Mena Barreto. Ana e Arminda tinham passado a noite em claro, ouvindo Pedro remexer-se na cama, inquieto. Ao partir ele estava pálido. Sabia como era a guerra. Não tinha nenhuma ilusão.

E de novo o povoado ficou quase deserto de homens. E outra vez as mulheres se puseram a esperar. E em certas noites, sentada junto do fogo ou da mesa, após o jantar, Ana Terra lembrava-se de coisas de sua vida passada. E, quando um novo inverno chegou e o minuano começou a soprar, ela o recebeu como a um velho amigo resmungão que gemendo cruzava por seu rancho sem parar e seguia campo fora. Ana Terra estava de tal maneira habituada ao vento que até parecia entender o que ele dizia. E nas noites de ventania ela pensava principalmente em sepulturas e naqueles que tinham ido para o outro mundo. Era como se eles chegassem um por um e ficassem ao redor dela, contando casos e perguntando pelos vivos. Era por isso que muito mais tarde, sendo já mulher-feita, Bibiana ouvia a avó dizer quando ventava: "Noite de vento, noite dos mortos...".

Posfácio

Um destino conquistado

Morgana Kretzmann

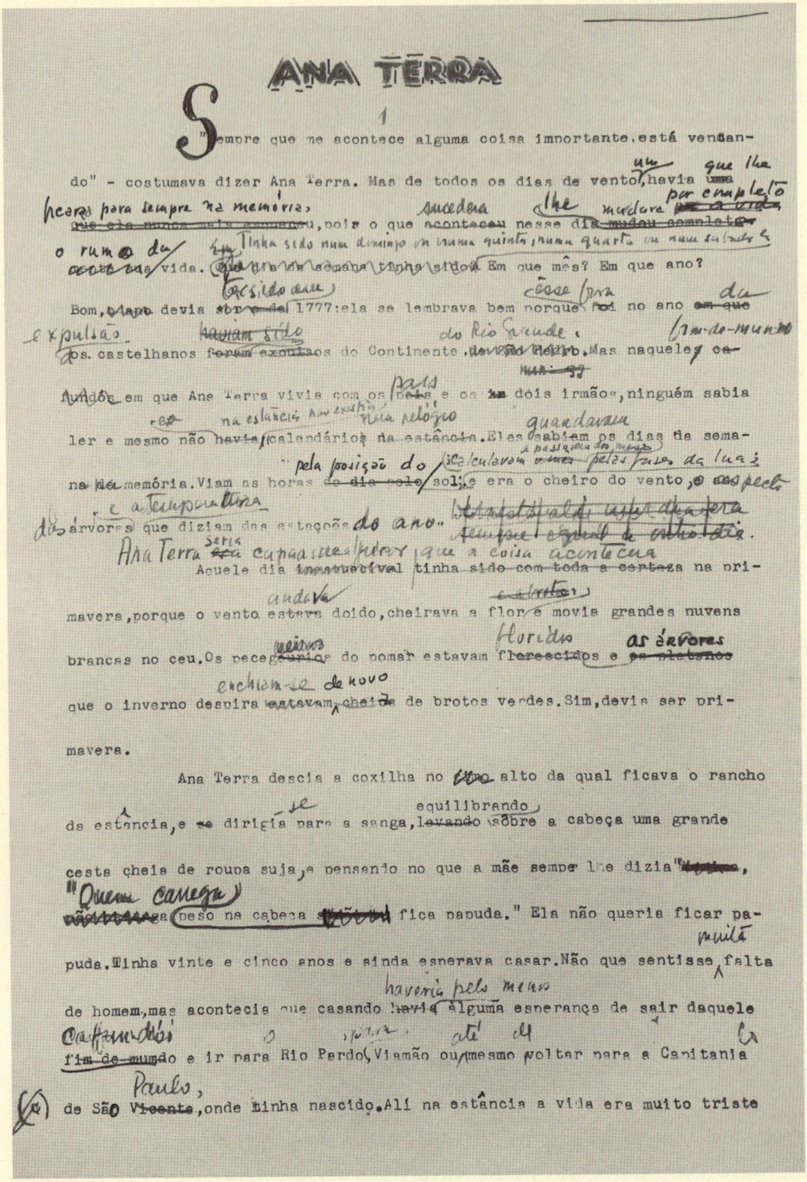

ANA TERRA

1

"Sempre que me acontece alguma coisa importante,está ventando" - costumava dizer Ana Terra. Mas de todos os dias de vento,havia uma que ela nunca mais esqueceu,pois o que aconteceu nesse dia mudou completamente sua vida. Que dia da semana tinha sido? Em que mês? Em que ano?

Bom,o ano devia ser o de 1777:ela se lembrava bem porque foi no ano em que os castelhanos foram expulsos do Continente de São Pedro.Mas naqueles cafundós em que Ana Terra vivia com os pais e os dois irmãos,ninguém sabia ler e mesmo não havia calendários na estância.Eles sabiam os dias da semana de memória.Viam as horas de dia pelo sol; e era o cheiro do vento, o aspecto das árvores que diziam das estações.

Aquele dia inesquecível tinha sido com toda a certeza na primavera,porque o vento estava doido,cheirava a flor e movia grandes nuvens brancas no ceu.Os pessegueiros do pomar estavam florescidos e os platanos que o inverno despira estavam cheios de brotos verdes.Sim,devia ser primavera.

Ana Terra descia a coxilha no alto da qual ficava o rancho da estancia,e se dirigia para a sanga,levando sobre a cabeça uma grande cesta cheia de roupa suja,e pensando no que a mãe sempre lhe dizia: "... peso na cabeça ... fica papuda." Ela não queria ficar papuda.Tinha vinte e cinco anos e ainda esperava casar.Não que sentisse falta de homem,mas acontecia que casando havia alguma esperança de sair daquele fim-de-mundo e ir para Rio Pardo,Viamão ou mesmo voltar para a Capitania de São Vicente,onde tinha nascido.Ali na estância a vida era muito triste

Manuscrito de *O Continente*, década de 1940.

"Sempre que me acontece alguma coisa importante, está ventando"

A primeira vez que tive contato com a personagem Ana Terra foi nos anos 1990. Eu ainda era uma criança vivendo em Três Passos, no interior profundo do noroeste do Rio Grande do Sul, fronteira com a Argentina — cidade essa que fica a pouco mais de 160 km de Cruz Alta, onde nasceu Erico Verissimo.

Férias de verão, tarde da noite. Fazia calor e não havia nenhum indício do frio trazido pelo vento minuano, que atravessava como faca as frestas das janelas venezianas casa adentro. Não havia aula no dia seguinte, nem qualquer outro motivo para estar na cama cedo. Escondidas dos meus pais, eu e minha prima assistíamos televisão. O som bem baixinho, as luzes da sala apagadas; não podíamos correr o risco de acordar os adultos. Estávamos bem em frente à tela para ver a sériew *O tempo e o vento*, da Rede Globo, produzida em 1985, que estava sendo reprisada. O episódio era aquele em que Ana Terra conhecia Pedro Missioneiro.

Quando vi Glória Pires, a atriz que interpretava Ana Terra — aquela personagem tomada pelo peso de uma vida na qual tudo o que lhe restava fazer era esperar, os cabelos negros e lisos, as roupas surradas e encardidas da poeira vermelha, de uma época indiscernível —, identifiquei imediatamente o olhar triste de minhas avós, minhas tias, minha mãe e de muitas mulheres que havia conhecido na região onde nasci. Testemunhar pela primeira vez Ana Terra, ainda que em uma série de TV aberta, era compreender melhor o lugar de onde vim, de onde todas nós viemos.

E, não bastasse aquela personagem cativante, havia também a sua história de amor, um amor proibido, com um homem indigno aos olhos da sua família, um indígena que sobrevivera à guerra nas Missões. Aquilo, para uma menina do interior, uma pré-adolescente ainda percebendo a vida, era algo inefável.

Alguns anos depois, já adolescente e cursando o ensino médio, tive um contato mais profundo com a trilogia *O tempo e o vento*, e uma nova epifania me assaltou. Encontrei naquelas páginas uma outra possibilidade de literatura, de como narrar uma história inebriante e necessária. Não queria largar os livros, não queria parar de lê-los. Naquele processo de encantamento, *O Continente*, por exemplo, ficou comigo por anos, principalmente por causa dela, Ana Terra. Na minha opinião, é a maior personagem criada por Erico Verissimo e uma das maiores da literatura brasileira de todos os tempos. Ler as palavras de Erico transfigurando a realidade, a resiliência e a força de uma mulher existindo em uma época tão machista, de um mundo dominado por regras morais ditadas exclusivamente a partir do predomínio masculino, me transformou como pessoa.

Adulta, voltei à obra *O tempo e o vento* e a Ana Terra. A literatura que nos forma nunca nos nega o retorno, pelo contrário. E pude confirmar: a coragem de uma mulher que lutava contra o próprio destino fazia de Ana Terra a peça fundamental de todo o grande arco narrativo da trilogia.

O VENTO, A FORÇA DA NATUREZA EM ANA TERRA

Ana Terra é o tempo e é o vento. O tempo que espera, o vento que se movimenta e movimenta o futuro. Se há destino, ele estará irmanado ao vento onde tudo se perde para então recomeçar.

Com esse elemento, essa força da natureza, tão presente na vida de Ana — pois sabia escutá-lo e com ele dialogar —, a personagem assumiu as escolhas que mudaram o curso de sua história e a dos que viriam nas gerações seguintes.

Na noite em que Pedro Missioneiro, vivendo e trabalhando na precária estância de Maneco Terra, pede licença para tocar flauta, Ana escuta a melodia como se escutasse o vento lhe ditando uma felicidade que poderia existir.

O vento de Ana Terra, na trama, é o minuano, que surge entre o outono e o inverno, sempre forte, gélido e cortante, característico da região sul do Brasil. Os Minuanos, que viviam entre o Uruguai e o extremo sul do Brasil, eram também chamados de Pampeanos, por ocuparem o pampa — palavra de origem indígena ligada à imagem de campo aberto —, bioma caracterizado por planícies e coxilhas cobertas por uma vegetação dominada por plantas rasteiras e algumas árvores e arbustos próximos a cursos d'água e várzeas, configurando um relevo suavemente ondulado e bastante peculiar. O vento minuano é cercado de lendas, muitas delas ainda não registradas na literatura.

Soprando intensamente do Sul para o Norte, o minuano rasgava noites e dias e testava a sabedoria dos anos e a capacidade de Ana Terra de abrir os olhos ao amanhecer. Nas palavras dela, era o vento que, às vezes, "parecia prender a noite e afugentar o dia que tentava nascer". Também foi o vento que acompanhou seu filho, Pedro Terra, na primeira guerra para a qual foi convocado. O vento levou o filho e abriu uma cratera na vida de Ana, trazendo de volta a espera — dias, semanas, meses.

Esse mesmo vento foi uma companhia insistente nos momentos de tristeza e nas tragédias, acabando por se tornar muito familiar na velhice da protagonista. Em meio à solidão e ao frio, fazia com que ela recordasse os mortos. Era como se os mortos viessem até ela pelo vento. É então que surge a famosa frase de Ana Terra, depois repetida por sua neta, Bibiana, no decorrer da saga: "Noite de vento, noite dos mortos...".

O DESTINO ENTREGUE E O DESTINO ESCOLHIDO

Diferentemente de Pedro Missioneiro, que, mesmo tendo a visão de sua morte, decide não lutar contra seu destino, Ana Terra luta. Luta contra a morte. Busca a vida mesmo no apinhar de ausências. Não quer deixar seu filho vivendo naquele "silêncio de pedra" e terminar seus dias num lugar onde nada acontece, onde se morre aos poucos e tão lentamente que dava para ver a vida escoando e a morte chegando. Aquele lugar, para ela, cheirava a sangue de bicho e de gente misturado.

Vendo-se sem saída, num ímpeto de querer viver, de perceber que o mundo é grande e que poderia ir para qualquer lugar, ela decide "lutar contra a sorte que andava sempre virada contra ela". Quando embarca numa das carretas em direção ao norte e ao desconhecido, ela deixa para trás a sina que escolhe não aceitar mais. Quando toma as rédeas do seu destino, lutando contra a certeza da morte naquele descampado onde a família toda já estava enterrada, ela parte com o filho, a cunhada e a sobrinha para ter uma vida sua, uma história própria. E consegue.

SIMBOLOGIAS — A ROCA, A TESOURA E O ESPELHO

O desejo de ter um espelho, manifestado por ela logo no início da sua história, oferece-nos diversas leituras. Um espelho para se ver, para ajudá-la a encontrar a mulher que, ela sabia, poderia vir a se tornar longe daquele lugar ermo, vazio e solitário. O espelho simbolicamente poderia ser a chegada da felicidade intempestiva que veio com Pedro Missioneiro, pois ela se via no reflexo do olhar dele, algo que nunca tinha acontecido em vinte e cinco anos de vida.

Além do espelho, no decorrer da história distinguem-se outros dois objetos que lhe são muito valiosos: a roca e a tesoura. A roca da sua mãe, que ela leva consigo depois da morte da família pelas mãos dos castelhanos, passada de geração em geração, é um dos símbolos das mulheres da família Terra e depois Terra-Cambará. A roca aparece também como simbologia da espera para Ana Terra, como foi para sua mãe, Henriqueta. A tesoura — que ela também carregou consigo e foi sua companheira em Santa Fé, sendo utilizada para cortar o cordão umbilical das crianças que ajudou a trazer ao mundo — é o terceiro objeto. Ao marcar a chegada de uma nova vida, a tesoura marca também sua trajetória como exímia e respeitada parteira e a acompanha até a morte, servindo posteriormente às gerações futuras, retratadas no decorrer da trilogia.

A tríade que cerca a personagem — roca (o trabalho), tesoura (a vida) e espelho (a alma) — é formada por objetos que, na composição narrativa, movimentam a existência de Ana Terra, a personificam, assim como a apartam do caos histórico que a rodeia. Esses elementos iluminam uma vida que teria tudo para desaparecer na violência de seu tempo. São três objetos que se unem a um destino domado por Ana Terra.

ROMANCE HISTÓRICO

Como se sabe, uma obra literária está na leitura que dela se realiza. Hoje, na terceira década do século XXI, temos um olhar crítico incontornável que nos leva a dar especial atenção às obras históricas, como a de Erico Verissimo, que incorporam os modos e as lentes de épocas passadas. Não tenho como não pensar no machismo e no racismo que foram marcas do período em que se passa a trama. A obra de Erico retrata um século em que atrocidades aconteciam corriqueiramente, não só no Brasil, mas no mundo. Embora os acontecimentos fossem acentuados por pensamentos rígidos — "as coisas são como são", diz Maneco Terra —, Ana, seu filho, seus netos e bisnetos tinham esperança de que as coisas poderiam mudar.

Nesse romance histórico, que aborda uma realidade arquitetada de violência em muitos níveis, o autor descreve em detalhes o que se passava, sem poupar o leitor. Erico escreve para que nos incomodemos com certas cenas, a ponto de desejarmos que isso nunca mais se repita. Esse é um dos poderes da verdadeira literatura.

Também o lugar da mulher é muito bem retratado pelo autor, como o lugar do trabalho, do cuidado, da entrega, como suposto destino imposto a Ana, à sua mãe e às mulheres dos séculos XVIII e XIX. Nesse destino previamente traçado, elas estavam fadadas a procriar, cuidar, dar descendentes homens aos homens, zelar por eles, construir e reconstruir a essência da casa e proteger os filhos. Além de esperar que os homens voltassem das guerras.

Na primeira parte da sua vida, Ana esperou e cuidou. Depois, quando a vida chegou a uma condição insustentável, decidiu que faria mais do que isso, mostrando-nos outras possibilidades de viver e de transformar o mundo ao seu redor.

ANA TERRA, O ALICERCE DE UMA OBRA-PRIMA INTITULADA *O TEMPO E O VENTO*

Ana Terra é uma personagem tão viva que até hoje inspira novas ambições para muitas mulheres, assim como me inspirou quando saí do interior do Rio Grande do Sul para buscar um novo destino, uma nova chance de futuro, uma nova perspectiva. Eu tinha dezoito anos quando me mudei para Porto Alegre.

No contexto dessa inspiração, percebemos logo no início do livro que Ana se sentia presa àquela casa, àquele cenário de tristeza profunda, onde um dia era igual ao outro. Tanto ela como sua mãe eram as primeiras a se levantar para ordenhar as vacas. Elas providenciavam a alimentação da família, lavavam as roupas, limpavam a casa para os homens. Eram as últimas a comer e a dormir. Quando é que descansavam? Elas, que cuidavam de tudo, em algum momento cuidavam de si?

Até hoje essa pergunta paira nas casas de muitas famílias: quem cuida da mulher que cuida de todos?

As mulheres daquela época eram os alicerces das casas e daquelas famílias banhadas no sangue dos homens que iam para as guerras, guerras em que nem sempre queriam estar. Ana Terra não era uma mulher comum, não para o ano de 1777. Não só porque não agia como uma mulher deveria agir nem pensava como deveria pensar, mas porque era mais forte e mais corajosa do que todos os homens da sua família: decidiu lutar ao lado deles contra os castelhanos, se tornou chefe da família que lhe sobrou e, chegando ao extremo da resistência, matou para salvar seu filho.

Mesmo na guerra para a qual vê seu filho partir, ela e todas as outras mulheres de Santa Fé seguem na lida, na formação do seu povoado. Na trama, Ana Terra e essas mulheres são as que suprem as ausências, as que precisam negociar o tempo inteiro com a esperança — sentimento que enfeita suas dores e ao mesmo tempo as fortalece.

A GENIALIDADE DE ERICO VERISSIMO

Erico nasceu em Cruz Alta, interior do Rio Grande do Sul, no início do século XX. Lá viveu até os quinze anos, quando foi mandado para um colégio interno em Porto Alegre. Autodidata, construiu umas das mais geniais obras literárias da América Latina. Seus temas e cenários descrevem guerras, a ocupação civilizatória europeia, as ingerências e confluências políticas e o caos inevitável na formação de qualquer sociedade neste continente americano — fatores que, embora não sejam fáceis de serem lidos, ajudaram a moldar o Brasil como vemos hoje.

Em sua obra, há uma investigação e uma construção literária e histórica inéditas, que compõem uma geografia que desembocará em um imaginário ainda hoje muito presente entre nós, ampliando a noção de Brasil a partir da tragédia de pessoas cuja existência está longe da realidade de lugares normalmente explorados pela literatura, a qual costuma retratar apenas eixos culturais como Rio de Janeiro e São Paulo. O escritor narra de maneira magistral a ocupação (e a invasão) das terras no Sul do Brasil, dos povoados que se tornarão cidades, além do desejo de posse territorial e de manutenção dessas posses que a política da época incentivou.

Retratando guerras históricas, Erico expõe reflexões críticas e contundentes. Por exemplo, Ana Terra pondera em determinado momento do livro: “Para que tanto campo? Para que tanta guerra? Os homens se matavam e os campos ficavam desertos. Os meninos cresciam, faziam-se homens e iam para outras guerras. Os estancieiros aumentavam as suas estâncias. As mulheres continuavam esperando. Os soldados morriam ou ficavam aleijados". Os pobres homens que lutavam pelos senhores da guerra voltavam abatidos, com ar de derrotados, mesmo que tivessem vencido.

Ana Terra, como seu pai, no início da história, sustenta uma visão lúcida em relação à tragédia das guerras, à disputa das fronteiras, aos modos de construir um mundo. Sua presença conduz a crítica — que é a do próprio Erico —, sobretudo quando expressa de maneira simples e direta que as guerras não têm sentido e só beneficiam os homens que decidem começá-las para enriquecer mais ainda. Em uma passagem bastante relevante, Maneco Terra, em diálogo com o filho Antônio, que expressa a vontade de guerrear ao lado de Pinto Bandeira, o major que ele diz ser um *patriota*, responde ao primogênito: "Patriota? Ele está mais é defendendo as estâncias que tem. O que quer é retomar suas terras que os castelhanos invadiram. Pátria é a casa da gente". Há também uma forte crítica a d. João VI, quando Ana Terra julga a convocação feita pelo monarca a todos os homens do Sul para uma nova guerra. Sábia e corajosa, a personagem diz: "Isso é falta de serviço. Se esse homem tivesse de trabalhar como a gente, de sol a sol, não ia se lembrar de invadir terra alheia".

A trilogia *O tempo e o vento* foi traduzida para mais de dezesseis línguas e adaptada para o cinema e a televisão. Ana Terra continua sendo uma das personagens mais icônicas da literatura brasileira, estudada por décadas, até hoje, e continua inspirando não só novas leitoras e leitores, como novas escritoras contemporâneas.

A FORÇA DE ANA TERRA QUE SEGUE EM MUITAS DE NÓS

Quando minha mãe, Juraci Maria Kretzmann, decidiu sair de um distrito rural chamado Barra Grande, onde vivia com meu pai, para salvar a vida do meu irmão mais velho, Daniel, acometido de gravíssimos problemas respiratórios, ela teve a força de Ana Terra. Quando uma mulher negra, trans, artista, decide sair de uma pequena cidade do oeste do Rio Grande do Sul para tentar uma outra vida, atrás de um futuro que não seja o de morrer antes dos trinta e cinco anos, confirmando as estatísticas, ela tem a força de Ana Terra. Quando uma mãe enfrenta tudo e todos na busca por seu filho desaparecido que saiu de casa para trabalhar em alguma fazenda ou garimpo no Norte do país, ela tem a força de Ana Terra. Ana nos ensina que vale a pena lutar por quem se ama. E o Brasil está cheio de Anas fazendo o mesmo.

UM LIVRO SOBRE ESPERANÇA

Por fim, também considero a história de Ana Terra uma história sobre esperança, sobre a coragem de viver num mundo comandado por homens e suas recorrências bélicas, que custam as vidas de milhares de inocentes para preservar territórios e riquezas.

Ana Terra quer um lugar para chamar de lar, quer a possibilidade de uma vida que ela ainda não teve, que sua mãe não teve. Sua história é a história de tantas mulheres que batalharam, resistiram e venceram. Ninguém ousaria parar uma mãe que está lutando pela sobrevivência do seu único filho. Ana nos mostra como é forte a pessoa que tem o amor como farol.

A esperança e o vento, como presságios, manifestam-se para o bem ou para o mal. A roca é a companheira de espera. A tesoura é a ação de quem tem a coragem de gerar novos começos. O espelho, a certeza de quem se descobre e, no risco das escolhas, se afirma. Por fim, o amor pelo filho força Ana Terra a ter fé no futuro. Ana Terra é a representação literária e viva de tudo o que uma mulher precisou ser nos séculos XVIII e XIX e tudo o que ela é hoje, no século XXI.

Esse livro não só emociona, como faz nossa mente se perder, para depois se encontrar. Escutar a roca rodar, mesmo depois de fechar essas páginas, escutar o vento minuano a inquietar, escutar Ana Terra.

Sobre Ana Terra

Ana Terra é um dos episódios de *O Continente*, primeira parte da trilogia *O tempo e o vento*, que compreende também *O Retrato* (parte II) e *O arquipélago* (parte III).

Em 1777, início da ação de *Ana Terra*, a moça se encontra à beira de uma sanga quando descobre um homem ferido e desmaiado, Pedro Missioneiro.

Erico Verissimo conta a origem de Pedro no episódio anterior, *A fonte*: nascera numa noite de abril de 1745 na missão jesuítica de São Miguel (cujas ruínas podem ser visitadas até hoje no noroeste do Rio Grande do Sul). Era filho de mãe indígena e pai branco. O pai era um "vicentista", como eram chamados os luso-brasileiros que saíam de São Paulo rumo aos campos sulinos e ao território das missões para aprisionar indígenas e buscar couro de reses para as grandes sacas destinadas ao transporte de ouro em Minas Gerais. Como a mãe de Pedro morrera no parto, padre Alonzo acolhera e batizara o menino recém-nascido. O garoto crescera aos cuidados de um cacique, dom Rafael, e do padre Alonzo. Aprendera a ler e se iniciara em algumas artes, como a poesia e a música. Perspicaz, conhecera matemática e línguas, inclusive o latim. Desde criança, dizia ter visões e conversar com Nossa Senhora.

Quando se desencadeou a guerra pela posse das Missões — portugueses e espanhóis de um lado, guaranis do outro —, Pedro previu que o corregedor e capitão de São Miguel, Sepé Tiaraju, morreria em combate. De fato, esse foi o destino de Sepé, personagem histórico canonizado pela tradição popular.

Em 1756, vencida a resistência dos indígenas, São Miguel foi incendiada e abandonada. Em meio às chamas, Pedro Missioneiro fugiu a cavalo, levando como herança tudo o que aprendera e um punhal de prata que pertencera ao padre Alonzo.

Cronologia

Esta cronologia relaciona fatos históricos a acontecimentos ficcionais de *Ana Terra*.

1772
Fundação de Porto Alegre.

1776
Em meio a novas hostilidades, os portugueses retomam o controle sobre o território do Rio Grande do Sul. Essa nova fase da disputa é marcada pela presença de caudilhos como Rafael Pinto Bandeira. Nos Estados Unidos da América do Norte, proclamação da independência.

1777
Ana Terra encontra Pedro Missioneiro ferido à beira de uma sanga, perto da casa de seu pai, Maneco Terra.

1778
No verão, Ana Terra fica grávida de Pedro, que é morto pelos irmãos dela. Nove meses depois nasce o menino Pedro Terra.

1781
Em 18 de maio, o governo espanhol executa em Cuzco, no Peru, o inca Tupac Amaru, acusado de sedição.

1781
Horácio Terra deixa as terras do pai e muda-se para Rio Pardo, onde se torna tanoeiro.

1787 ou 1788
Morre d. Henriqueta, mãe de Ana Terra.

1789
Tomada da Bastilha, em Paris. Começa a Revolução Francesa. No Brasil, a Inconfidência Mineira.

Fim de 1789
ou começo de 1790
Bandidos castelhanos arrasam a estância de Maneco Terra e matam todos os homens adultos. Ana Terra, a cunhada e as crianças partem para as terras do cel. Ricardo Amaral.

1801
O território das missões é conquistado definitivamente pelos portugueses.

1801
Nessas novas lutas morre o cel. Ricardo Amaral.

1803
O filho do cel. Ricardo, Chico Amaral, dá início às providências para fundar o povoado de Santa Fé. Pedro Terra casa-se com Arminda Melo.

1804
Independência do Haiti. É o segundo país americano a conseguir a independência.

1806
Nasce Bibiana, filha de Pedro Terra.

1807
O Rio Grande do Sul é promovido a capitania-geral, deixando de ser administrado pela capitania do Rio de Janeiro.

1808
Napoleão domina a península Ibérica e a família real vem para o Rio de Janeiro.

1811
Portugueses invadem a região do Uruguai, chamada de Banda Oriental, para combater os independentistas platinos, que se sublevam contra a Espanha.

1811
Pedro Terra acompanha as tropas do cel. Chico Amaral.

Biografia de Erico Verissimo

Erico Verissimo nasceu em Cruz Alta (RS), em 1905, e faleceu em Porto Alegre, em 1975. Na juventude, foi bancário e sócio de uma farmácia. Em 1931 casou-se com Mafalda Halfen Volpe, com quem teve os filhos Clarissa e Luis Fernando. Sua estreia literária foi na *Revista do Globo*, com o conto "Ladrão de gado". A partir de 1930, já radicado em Porto Alegre, tornou-se redator da revista. Depois, foi secretário do Departamento Editorial da Livraria do Globo e também conselheiro editorial, até o fim da vida.

A década de 1930 marca a ascensão literária do escritor. Em 1932 ele publica o primeiro livro de contos, *Fantoches*, e em 1933 o primeiro romance, *Clarissa*, inaugurando um grupo de personagens que acompanharia boa parte de sua obra. Em 1938, tem seu primeiro grande sucesso: *Olhai os lírios do campo*. O livro marca o reconhecimento de Erico no país inteiro e em seguida internacionalmente, com a edição de seus romances em vários países: Estados Unidos, Inglaterra, França, Itália, Argentina, Espanha, México, Alemanha, Holanda, Noruega, Japão, Hungria, Indonésia, Polônia, Romênia, Rússia, Suécia, Tchecoslováquia e Finlândia. Erico escreve também livros infantis, como *Os três porquinhos pobres*, *O urso com música na barriga*, *As aventuras do avião vermelho* e *A vida do elefante Basílio*.

Em 1941 faz uma viagem de três meses aos Estados Unidos a convite do Departamento de Estado norte-americano. A estada resulta na obra *Gato preto em campo de neve*, primeira de uma série de livros de viagens. Em 1943, dá aulas na Universidade de Berkeley. Volta ao Brasil em 1945, no fim da Segunda Guerra Mundial e do Estado Novo. Em 1953 vai mais uma vez aos Estados Unidos, como diretor do Departamento de Assuntos Culturais da União Pan-Americana, secretaria da Organização dos Estados Americanos (OEA).

Em 1947 Erico Verissimo começa a escrever a trilogia *O tempo e o vento*, cuja publicação só termina em 1962. Em

1965 publica *O senhor embaixador*, ambientado num hipotético país do Caribe que lembra Cuba. Em 1967 é a vez de *O prisioneiro*, parábola sobre a intervenção dos Estados Unidos no Vietnã. Em plena ditadura, lança *Incidente em Antares* (1971), crítica ao regime militar. Ao longo da carreira recebeu vários prêmios, como o Machado de Assis, o Jabuti, o Pen Club e o Juca Pato. Em 1973 sai o primeiro volume de *Solo de clarineta*, seu livro de memórias. Morre em 1975, quando terminava o segundo volume, publicado postumamente.

Obras de Erico Verissimo

Fantoches [1932]
Clarissa [1933]
Música ao longe [1935]
Caminhos cruzados [1935]
Um lugar ao sol [1936]
Olhai os lírios do campo [1938]
Saga [1940]
Gato preto em campo de neve [narrativa de viagem, 1941]
O resto é silêncio [1943]
Breve história da literatura brasileira [ensaio, 1944]
A volta do gato preto [narrativa de viagem, 1946]
As mãos de meu filho [1948]
Noite [1954]
México [narrativa de viagem, 1957]
O senhor embaixador [1965]
O prisioneiro [1967]
Israel em abril [narrativa de viagem, 1969]
Um certo capitão Rodrigo [1970]
Incidente em Antares [1971]

Ana Terra [1971]
Um certo Henrique Bertaso [biografia, 1972]
Solo de clarineta [memórias, 2 volumes, 1973, 1976]

O TEMPO E O VENTO
Parte I: *O Continente* [2 volumes, 1949]
Parte II: *O Retrato* [2 volumes, 1951]
Parte III: *O arquipélago* [3 volumes, 1961-1962]

OBRA INFANTOJUVENIL
A vida de Joana D'Arc [1935]
Meu ABC [1936]
Rosa Maria no castelo encantado [1936]
Os três porquinhos pobres [1936]
As aventuras do avião vermelho [1936]
As aventuras de Tibicuera [1937]
O urso com música na barriga [1938]
Outra vez os três porquinhos [1939]
Aventuras no mundo da higiene [1939]
A vida do elefante Basílio [1939]
Viagem à aurora do mundo [1939]
Gente e bichos [1956]

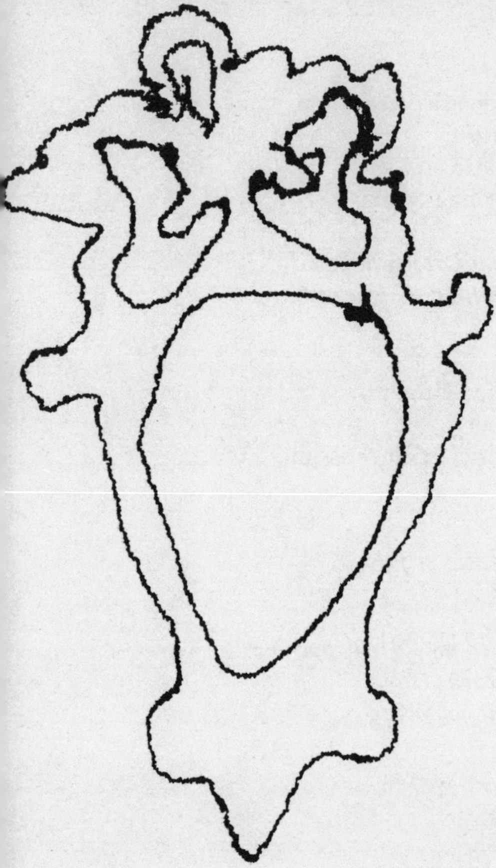

Texto fixado pelo Acervo Literário de
Erico Verissimo com base na edição *princeps*,
sob coordenação de Maria da Glória Bordini.

Grafia atualizada segundo o Acordo Ortográfico da Língua Portuguesa de 1990, que entrou em vigor no Brasil em 2009.

CAPA E PROJETO GRÁFICO Tereza Bettinardi
ILUSTRAÇÕES Helena Obersteiner
IMAGEM p. 142 Acervo do Memorial Erico Verissimo/
Espaço Força e Luz
PESQUISA Anita de Moraes
PREPARAÇÃO Cristina Yamazaki
REVISÃO Marise Leal

Os personagens e as situações desta obra são reais apenas no universo da ficção; não se referem a pessoas e fatos concretos, e não emitem opinião sobre eles.

Dados Internacionais de Catalogação na Publicação (CIP)
(Câmara Brasileira do Livro, SP, Brasil)

Verissimo, Erico, 1905-1975.
Ana Terra / Erico Verissimo; ilustrações Helena Obersteiner; posfácio Morgana Kretzmann — 1ª ed. — São Paulo: Companhia das Letras, 2025.

ISBN 978-85-359-4276-7

1. Ficção brasileira. I. Obersteiner, Helena.
II. Kretzmann, Morgana. III. Título.

25-299766.0 CDD-B869.3

Índice para catálogo sistemático:
1. Ficção: Literatura brasileira B869.3

Cibele Maria Dias — Bibliotecária — CRB-8/9427

EDITORA SCHWARCZ S.A.
Rua Bandeira Paulista, 702, cj. 32
04532-002 — São Paulo — SP
Telefone: (11) 3707-3500
www.companhiadasletras.com.br
www.blogdacompanhia.com.br
facebook.com/companhiadasletras
instagram.com/companhiadasletras

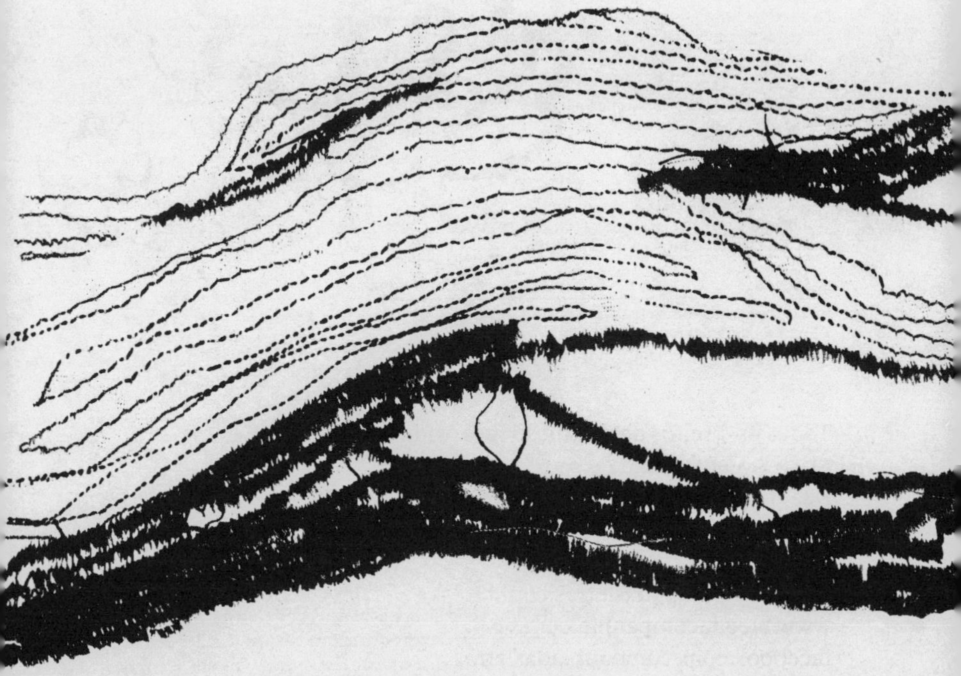

ESTA OBRA FOI COMPOSTA PELO
ESTÚDIO TEREZA BETTINARDI EM
AYER POSTER CURSIVE E LYON TEXT E
IMPRESSA EM OFSETE PELA GRÁFICA
BARTIRA SOBRE PAPEL PÓLEN NATURAL
DA SUZANO S.A. PARA A EDITORA
SCHWARCZ EM OUTUBRO DE 2025

FSC
www.fsc.org
MISTO
Papel | Apoiando o manejo florestal responsável
FSC® C105484

A marca FSC® é a garantia de que a madeira utilizada na fabricação do papel deste livro provém de florestas que foram gerenciadas de maneira ambientalmente correta, socialmente justa e economicamente viável, além de outras fontes de origem controlada.